알마, 너의 별은

얄막,

너의 별은

하은경 장편소설

특별한서재

차례

먼 미래

행성을 개척하고 우주여행을 하고

외계인들이 지구에 정착해 살고 있으며,

클론과의 생활이 일상화된 세계.

얼마나 짜릿하고 멋진 세계인가.

그런데 그 미래에도 인간에 대한 선의와 악의,

누군가를 지키기 위한 노력,

그런 것들이 지금의 모습으로 존재할까.

*

연습은 밤 9시 무렵에 끝이 났다. 평소대로라면 연습을 마치고 집에 돌아와 있을 시간이었다. 알마는 오늘 무용수들의 동작 하나하나가 모두 눈에 거슬렸다. 자신은 말할 것도 없고 또래 무용수들을 끊임없이 닦달했다. 여덟 명의 무용수들은 지친 얼굴로 알마의 말에 따랐다.

알마는 묵묵히 길을 걸어갔다. 조금 더 걸어가면 스튜디오가 나온다. 튜브에서 내려 걸어서 10분 거리에 있는 스튜디오는 방 하나에 거실과 욕실이 딸린 원룸이었다. 지구에 입성하고 얼마 뒤 아르파라인 무용수들은 그곳에 머물렀다. 운이 꽤 좋았다. 대부분의 타 행성인들이 거주지를 찾지 못해 컨테이너에서 지낸다고 들었으니까.

스튜디오에 다다랐다. 열일곱 살 동갑내기 소미르가 알마를 향해 미소를 지어 보이며 맞은편 스튜디오 안으로 들어갔다. 알마도 내내 굳어 있던 얼굴을 펴고 스튜디오 현관문에 손바닥을 갖다 댔다.

스튜디오 안은 몹시 어두웠다. 그사이 현관 센서가 고장 났는지 불이 들어오지 않았다.

플랫 슈즈를 벗고 거실에 한 발을 내디뎠다. 이상한 냄새가 났다. 시큼하면서 매스꺼운 냄새였다. 허공에서 손을 더듬으며 몇 발짝 걸어갈 때였다. 어둠 속에서 커다란 그림자가 알마 곁으로 다가왔다. 알마는 재빨리 몸을 돌려 그림자를 마주 보았다. 덩치가 큰 남자였다. 너무 놀라 비명도 나오지 않았다. 두 손으로 입을 가리며 남자를 바라보았다. 거구의 남자가 알마에게 바짝 다가서는 순간이었다. 온 힘을 다해 남자를 응시하는 알마의 보랏빛 눈동자가 겁에 질려 짙은 푸른빛을 띠었다.

I

알마가 체포됐다는 소식을 들었다.

갑작스러운 뉴스 보도에 윤설은 숨이 가쁠 정도로 심장이 두근거렸다. 이를 악문 채 꼼짝하지 않고 뉴스를 지켜봤다. 조금 지나자 그 어떤 소리도 귀에 들어오지 않았다.

"알마가 그럴 리가 없어!"

윤설은 주먹을 꽉 쥐며 중얼거렸다. 그러나 아르파라 행성에서 온 메인 무용수라면 알마가 틀림없다는 생각을 지울 수 없었다.

조금 뒤 윤설은 시오에게 연이어 콜 신호를 보냈다. 알마 사건 때문에 바쁜 탓인지 시오는 전화를 받지 않았다. 시오는 외계인 범죄관리국 경찰이다. 지구연합 외계인

9

관리본부 산하에 있는 외계인 범죄관리국은 외계인의 범죄를 수사하는 경찰 연계 기관이었다. 윤설은 시오가 경찰이 되리라는 걸 알고 있었지만, 이렇게 빨리 될 줄은 몰랐다. 시오는 고등과정을 한 학년 남겨 두고 인턴 경찰 시험에 합격했다. 평소 알마에게 애틋했던 시오가 지금 얼마나 곤혹스러워할지 짐작하고도 남았다. 윤설 자신도 너무나 떨려서 그 어떤 일도 손에 잡히지 않았으니까.

다시 뉴스 채널을 켰다. 아까와 다른 남자 앵커가 나와 미간에 힘을 주며 외계인이 저지른 살인사건에 대해 보도했다. 범죄 사실이 드러난다면, 그 외계인은 지구에서 추방될 수 있다고 목소리를 높였다. 앵커 뒤 뉴스 화면에는 아름다운 자연 풍광이 펼쳐졌다. 드넓은 하늘이 에메랄드빛 바다처럼 고요하게 펼쳐졌고, 햇살을 받은 은빛 모래 언덕이 보석처럼 반짝거렸다. 알마의 모국이 있는 아르파라 행성인 듯 보였다.

윤설은 고등과정 첫 학기 수업 때 처음으로 알마를 봤다. 알마는 밝은 회색빛 얼굴에 같은 빛깔의 머리카락을 허리까지 늘어뜨린 모습으로 교실에 들어왔다. 동공으로 갈수록 짙어지는 보랏빛 눈동자는 그 오묘한 빛깔 때문에 단번에 사람들의 눈길을 끌었다. 그러나 몇백 광년이나 떨어진 행성에서 날아온 그 아이의 눈동자 속에는 언

　알마, 너의 별은

제나 쓸쓸한 빛이 어려 있었다. 또한 특유의 예민한 분위기 탓에 좀처럼 가까워질 수가 없는 아이였다. 그런 알마와 친해진 건 외계 예술가들의 공연을 준비하던 엄마 덕분이었다.

윤설은 다시 시오에게 콜 신호를 보냈다. 조금 뒤 시오의 모습이 허공 창에 떴다. 시오의 얼굴은 생각했던 것보다 훨씬 더 나빴다. 얼굴빛이 창백했고 눈빛은 너무나 음울해 보였다.

"너…… 괜찮니?"

윤설의 물음에 시오는 아랫입술을 질끈 깨물었다. 고개를 끄덕이고 나서 여전히 어두운 낯빛을 하며 말했다.

"알마는 정당방위야. 곧 풀려날 거라고 믿고 있어."

"휴…… 그렇다면 정말 다행이다."

길게 숨을 내쉬고 나서 윤설이 조심스럽게 물었다.

"어쩌다 그렇게 됐어?"

시오는 목이 메는 듯 갈라지는 목소리로 대답했다.

"어두운 거실에 남자가 서 있었다고 했어. 공연 연습을 마치고 막 집으로 들어갈 때였대."

"그래서? 그래서 알마가 그 남자를 정말로 죽였니?"

시오는 말없이 고개를 끄덕였다. 갑자기 윤설이 목소리를 높이며 말했다.

"말도 안 돼!"

시오는 퀭한 눈으로 잠자코 윤설을 바라보았다.

"생각해 봐. 알마같이 여리여리한 애가 어떻게 성인 남자를 죽일 수 있냐?"

시오가 난감한 얼굴로 입을 열었다.

"알마가 꽃병으로 후두부를 내리쳤다고 진술했어. 육안으로는 후두부 충격이 사망 원인이야. 그리고…… 현장에서 알마의 지문이 찍힌 도자기 꽃병이 발견됐어."

윤설은 두 손으로 입을 가렸다. 영화나 소설에서 보던 살인 장면이 머릿속에 떠오른 탓이었다. 하지만 믿기지 않는 건 마찬가지였다. 시오가 말했다.

"피를 흘리고 쓰러진 남자를 보고 알마도 기절했다고 말했어. 알마는 죽기 살기로 남자의 후두부를 내리쳤다고 진술했어."

윤설은 얼굴을 험악하게 일그러뜨리더니 떨리는 목소리로 시오에게 물었다.

"알마는…… 지금 어때?"

"아무것도 안 먹고 감금실에 멍하니 앉아 있어. 완전히 패닉 상태야."

"너무 안됐다!"

윤설이 울상을 지으며 말했다.

"내일 면회할 수 있을까? 알마를 만나고 싶은데……."

"아직은 좀 그래……. 상황 봐서 내가 알려 줄게. 그럼, 다시 통화하자."

스마트링크를 끄고 나서 윤설은 77층 주상복합빌딩 창밖을 내다보았다. 라이트를 밝힌 플라잉카들이 어두운 허공을 획획 가르며 날아다녔다. 곧 모노레일이 완만한 곡선을 그리며 공중도로를 내달렸다. 한낮처럼 분주한 도시를 내다보다 윤설은 손짓으로 블라인드를 내렸다.

방 안이 어두워지자 알마의 보랏빛 눈동자가 떠올랐다. 그러자 꽃병으로 남자의 후두부를 내리치는 알마의 얼굴이 떠올랐다. 눈을 질끈 감았으나 그 아이의 눈동자가 더욱 선명하게 떠올랐다. 보랏빛 눈동자가 문득 섬뜩하게 느껴졌다. 아마도 알마가 사람을 죽였다는 생각 때문일 것이다.

시오의 말대로 정당방위로 판명 나면 좋겠다는 생각이 더욱 간절했다. 하지만 그렇다고 하더라도 지구에 정착한 외계인에 대한 평판은 좋아지지 않을 것이다. 외계인들 때문에 범죄가 늘어났다면서 사람들은 이미 그들을 곱게 보지 않았다. 그러니 이번 사건은 다른 외계인들에게도 커다란 굴레가 될 게 틀림없었다.

밤늦은 시간, 학급 단체 채팅방에 알림이 울렸다.

-너희들, 알마 사건에 대해 어떻게 생각해?

윤설의 반 리더 한나라였다. 평소 알마를 좋게 보지 않았던 나라가 건수라도 잡은 듯 물었다. 나라는 다른 사람들처럼 지구에 정착한 외계인들을 못마땅해했다. 뛰어난 지적 능력과 초능력 때문에 언젠가 그들이 부와 권력을 차지하게 될지도 모른다는 소문을 믿는 아이였다. 로봇과 클론에게 일자리를 빼앗긴 수많은 사람들에게 전능한 능력을 지닌 외계인은 또 다른 공포의 대상이었다. 윤설은 외계인들의 초능력을 믿지 않았지만 몇몇의 행성인들은 지구인보다 지적 능력이 뛰어나다는 사실을 인정했다. 한국에 정착하고 몇 달 지나지 않아 한국어를 자유롭게 구사하는 아르파라인들을 만나고 난 뒤부터다. 그들은 모두 상상도 할 수 없을 정도로 뛰어난 언어 능력을 지니고 있었다.

조금 뒤 또 다른 아이의 문자가 떠올랐다.

-알마가 정말로 사람을 죽였을까? 솔직히 난 아직도 못 믿겠어.

누군가 이런 글을 올리자 어이없다는 반응의 문자가 줄줄이 올라왔다.

-안 그러면 왜 뉴스에까지 나왔겠냐?

-그럴 리는 없겠지만, 만약에 알마가 다시 학교에 나온다면 난 전학 가 버릴 거야.

–이제 와서 말하는데, 알마랑 같은 교실에 앉아 있는 게 너무 불안했어. 솔직히 알마가 언제 괴수로 변할지 누가 알겠냐?

–맞아. 지구에 살고 있는 외계인 중에 초능력을 지닌 행성인이 있을지도 모른다고 들었어.

알마를 걱정하던 아이는 채팅방에서 나가 버렸다. 이제 그 누구도 알마를 걱정하지 않았다.

–김윤설, 넌 왜 잠자코 있냐? 알마랑 제일 친하게 지냈으면서.

나라가 윤설을 지목하며 비죽거렸다. 그러자 또 다른 아이가 거들고 나섰다.

–윤설이 넌 이 사건에 대해 뭔가 알고 있는 거 아니니?

하는 수 없이 윤설은 채팅방에 문자를 올렸다.

–이 사건에 대해 아무것도 몰라. 나도 뉴스를 보고 알았어.

윤설은 짜증이 치밀었다. '아무리 그래도 그렇지. 사정도 모르면서 알마를 완전히 살인마 취급을 하고 있다'고 윤설은 생각했다. 게다가 초능력이라니. 알마는 2년 가까이 함께 수업을 받던 아이였다. 그 2년 동안 윤설은 알마가 초능력을 사용하는 모습을 단 한 번도 본 적이 없었다. 그런데도 아무렇지 않게 떠벌리는 아이들의 대화에 질리는 기분이 들었다.

잠자리에 누웠으나 윤설은 잠이 오지 않았다. 다시 일어나 홀로그램 스크린을 켰다. 스크린에 흰색 무대복을 입은 아홉 명의 무용수가 춤추는 장면이 나왔다. 조명등이 가운데 서 있는 무용수의 모습을 환하게 비췄다. 알마였다. 알마는 슬픔이 깃든 얼굴을 한 채 가느다랗고 긴 팔다리를 천천히 움직였다.

알마, 너의 별은

2

지구연합 외계인 관리본부 출입구를 들어서자마자 시오의 스마트링크에 신호가 울렸다. 외계인 범죄관리국서 국장한테서 온 문자였다. 무슨 일 때문인지 서 국장은 지금 당장 국장실로 들어오라고 했다.

사무실 의자에 앉아 있던 서 국장은 기다렸다는 듯이 시오를 보며 말했다.

"어서 오게."

시오는 잠자코 서 국장의 얼굴을 바라보았다. 전직 강력반 경찰관답게 서 국장은 얼굴 선이 굵은 중년 남자였다. 저음의 목소리도 걸걸하면서 울림이 컸다. 몇 년 전만 해도 서 국장은 시오에게 그저 아빠의 동료일 뿐이었다.

그러나 시오가 경찰이 된 뒤에는 하늘만큼 높은 자리에 있는 상사였다. 서 국장과 시오의 아빠는 경찰 동료일 뿐만 아니라 둘도 없는 친구 사이였다. 시오 아빠가 마약범들과의 총격전에서 사망했을 때 장례식장을 끝까지 지킨 사람도 서 국장이었다. 서 국장이 시오를 지그시 보더니 단호하게 말했다.

"이번 외계인 살인사건 수사에서 자네는 빠지게. 자네가 끼어들기엔 너무 벅찬 사건이야. 다른 일을 좀 맡아서 해. 30년 전에 행방불명된 우주연방 지구친선 외교대사의 딸을 찾는 일 말일세."

시오는 부동자세로 서서 눈을 크게 떴다. 느닷없이 행방불명된 외교대사의 딸을 찾으라니. 서 국장은 불만이 깃든 시오의 눈빛에도 개의치 않고 말했다.

"30년 전에 발크란으로 간 우주연방 지구친선 외교대사의 딸이야. 홍아라라고 했어. 자네도 시위대들이 틀어놓은 홀로그램 본 적 있지? 홍아라의 아버지, 홍희철 대사는 발크란 수장한테 어처구니없이 살해당했어."

시오가 대답했다.

"네, 저도 봐서 알고 있습니다. 근데 갑자기 왜 그의 딸을 찾아야 합니까?"

서 국장이 신경질적으로 머리를 긁적이며 말했다.

알마, 너의 별은

"홍아라를 찾아내라고 종일 시위대들한테 항의 전화가 오고 있어. 얼마나 서슬이 퍼런지, 못 찾아내면 외계인 관리본부를 깨부술 작정이야."

묵묵히 서 있는 시오를 향해 서 국장이 다시 말을 꺼냈다. 이번에는 조심스러운 말투였다.

"잠적해 버린 홍아라를 찾아야 하는 또 다른 이유가 생겼어. 이건 기밀 사항인데, 요사이 발크란 쪽에서 보복전을 준비한다는 정보가 들어왔어."

"보복전이라니요?"

시오의 물음에 서 국장이 목소리를 낮추며 대답했다.

"우주연방에서 오랜 시간 고립됐으니 여러모로 불리했을 테지. 보복전을 한다면 지구가 제일 먼저일 테고, 그 당시 발크란을 방문했던 행성 여행자들이 타깃이 될 가능성이 커."

"아니, 이제 와서 말입니까?"

"언제든 우주 전쟁을 준비하던 외계 종족이었어."

그러고 나서 서 국장은 시오에게 단단히 일렀다.

"아무튼 자네는 이번 사건에서 빠지고 홍아라의 행방을 찾도록 해. 왜 그래야 하는지 말 안 해도 잘 알고 있지 않나?"

시오는 바짝 굳은 얼굴로 대답했다.

"잘 모르겠습니다."

서 국장은 짧은 한숨을 내쉬더니 허공으로 눈을 돌렸다. 손톱 끝으로 테이블을 톡톡 두들기다 말고 말을 꺼냈다.

"피의자가 자네하고 고등과정을 같이 다녔다고 들었어. 더 걸리는 건 둘이 가까운 사이라는 거야. 자네, 사적인 감정 없이 수사할 수 있겠나?"

시오는 올 것이 오고야 말았다고 생각했다. 하지만 알마 사건에서 빠지고 싶은 생각은 눈곱만큼도 없었다. 어떻게 하든 서 국장을 설득해야 한다고 생각했다.

"국장님, 저는 그렇게 생각하지 않습니다."

"뭣 땜에?"

"사적인 감정을 모두 배제할 수는 없겠지만, 그런 감정 때문에 사건을 더 깊게 파고 들어갈 수 있다고 생각합니다. 더구나 저는 지금 어떤 사건이든 들어가 수사 과정을 배워야 합니다."

서 국장이 허, 하고 짧은 한숨을 내뱉었다.

"아니, 그렇게는 안 돼! 자네가 아무리 발버둥 쳐도 사건을 객관적으로 볼 수 없어."

시오는 허리를 더욱 곧게 편 자세로 섰다.

"최대한 객관적으로 수사하려고 노력하겠습니다. 더구나 이번 사건은 정당방위이기 때문에 피의자를 잘 아

　　　　　　　　알마, 너의 별은

는 경찰이 수사하는 게 더 적합하다고 생각합니다."

"저, 저 봐라! 벌써 정당방위라는 선입견을 깔고 있잖아. 피해자는 후두부 충격으로 사망했어!"

서 국장이 혀를 찼다. 시오는 절박한 눈빛으로 서 국장을 바라보았다. 서 국장은 버릇처럼 또다시 손톱으로 테이블을 톡톡 두들겼다. 조금 뒤 한결 누그러진 얼굴로 시오를 바라보았다. 서 국장이 천천히 입을 열었다.

"시오야……."

호칭이 달라지자 시오는 비로소 긴장이 풀어졌다. 어깨에서 힘을 빼고 좀 편안한 얼굴로 서 국장을 보았다.

"넌 네 아빠를 닮았어. 생긴 것부터 하는 짓, 고집까지 전부 말이야. 근데 돌아가신 네 아빠도 네가 경찰이 된 걸 좋아하실까? 널 보고 있으면, 난 가끔 그런 생각을 한다. 내가 널 받아들인 걸 강 형사도 칭찬할까, 하고. 그러니까 특차 지원자로 널 뽑은 걸 말이야. 경찰이란 직업은 쉬운 일이 아니야. 목숨이 걸린 일을 하루가 멀다 않고 해. 사명감 없이는 절대로 할 수 없는 일이야. 너도 그쯤은 알고 있지?"

"넵!"

"흠. 대답 하나는 잘하는군!"

서 국장의 비아냥에 시오는 아랫입술을 깨물었다. 서

국장의 걱정은 노파심에 불과하다고 생각했다. 어릴 적 부터 시오의 꿈은 경찰이었고, 그런 꿈을 갖게 된 계기는 아빠였다. 시오에게 경찰관 아빠는 존경과 사랑의 대명 사나 마찬가지였다. 그리고 시오의 아빠 역시도 시오가 경찰이 되리라는 걸 예감하고 있었다. 그 씨앗을 알아챈 시오의 아빠는 시오에게 일찌감치 무술을 가르쳤다. 서 국장은 시오를 진심으로 걱정했으나, 사실 시오가 경찰 이 된 건 물 흐르듯 자연스러운 일이었다.

서 국장이 다시금 못 박듯 힘주어 말했다.

"자네는 이제 겨우 경찰 수업을 마친 햇병아리 경찰이 야. 자네가 함부로 뛰어들 사건이 아니라고!"

"넵!"

시오는 굳은 얼굴을 한 채 차렷 자세를 하며 대답했다. 그러나 머릿속에는 온통 알마 사건을 파헤칠 생각뿐이었 다. 그런 시오를 보며 서 국장은 한숨을 푹 내쉬었다.

국장실을 나온 뒤 시오는 곧장 CCTV실로 들어갔다. 알마의 상태를 체크할 생각이었다. CCTV 안에서 알마 가 1인용 감금실에 앉아 있는 모습이 보였다. 세 면이 하 얀 벽으로 둘러 있는 작은 방 안이었다. 감시관 말로는 알 마가 오늘 아침부터 물과 음식을 먹는다고 했다. 그래서 인지 얼굴빛이 좀 밝아진 듯 보였다. 그 모습을 보자 시오

알마, 너의 별은

는 마음이 놓였다. 사사로운 감정 때문에 사건 해결에 문제가 없을 거라고 말했으나 알마를 보니 어쩔 수 없었다.

알마는 양팔을 위로 들고 허리를 쭉 펴는 동작을 두어 차례 반복했다. 평소에 자주 하던 스트레칭 동작이었다. 행여나 몸이 굳어 버릴까 봐 걱정하고 있는 탓이었다. 틀림없이 공연 생각을 하고 있는 거라고 시오는 생각했다. 알마는 늘 풀어 헤치던 머리카락을 내내 하나로 질끈 묶고 있었다. 머리를 묶은 탓인지 얼굴이 더 앙상해 보였다. 원래도 살집이 없는 아이였으나 이번 사건의 충격으로 그사이 몸이 더 깡말라 버렸다.

시오는 눈꽃처럼 반짝이던 알마의 은회색 빛 머리카락이 떠올랐다. 머리카락 빛깔 때문에 알마를 처음 봤을 때 느닷없이 은빛 여우를 떠올렸다. 눈 덮인 겨울 산에서 빨간 눈알을 굴리며 조심스레 주위를 살피는 은빛 여우 한 마리. 머릿속에 떠오른 여우의 모습은 아름답다기보다 쓸쓸해 보였다. 알마의 보랏빛 눈동자와 마주쳤을 때 받은 첫인상이 아마 그랬기 때문인지도 몰랐다.

언젠가 시오는 알마에게 긴 머리카락이 거추장스럽지 않느냐고 물은 적이 있었다. 그 물음에 알마는 춤 때문에 어쩔 수가 없다고 대답했다. 무용수의 긴 머리카락은 극의 표현을 좀 더 다채롭게 전달할 수 있는 도구라면서. 무

용하는 여자친구 덕분에 시오는 춤 세계의 면면을 조금
씩 알아 갔다. 동작 하나를 만들어 내기 위해 며칠씩 고민
하고 토론한다는 사실을. 그리고 뛰어난 동작을 만들기
위해 새 모이만큼밖에 안 되는 음식을 먹으면서도 근육
을 키우려고 발악에 가까운 노력을 한다는 것을. 좀 더 친
해지자 알마는 자신의 고충에 대해 털어놓았다. 아르파
라 행성과 가장 비슷한 지구의 기후와 환경과 중력에도
불구하고 적응하기가 쉽지 않다고. 한마디로 지구라는
행성에서 춤추는 게 너무 힘들다고 말했다.

"처음엔 지구에 와서 걷기도 힘들었어. 땅바닥에서 거
인의 손이 내 발목을 잡아끄는 것 같았거든. 미세한 중력
의 차이 때문일 거야. 근데 문제는 춤출 때였어. 도대체
몸이 말을 듣지 않는 거야. 몸무게는 똑같은데 마치 20킬
로그램은 더 늘어난 것 같았어. 착지와 도약을 할 땐 정말
이지 죽을 것 같이 힘들었어."

알마가 이렇게 길게 말하는 순간은 춤에 대해 말할 때
였다. 아르파라 무용수들의 단독 공연을 앞두고 시오에
게 쉴 새 없이 떠들어 댔다. 그뿐 대부분은 고요했다. 좀
처럼 웃지 않았고 웃을 때면 소리를 내지 않았고 그 또래
소녀들처럼 수다를 늘어놓지 않았다. 그런 모습 때문인
지 알마에게는 범접할 수 없는 분위기가 있었다. 짧지 않

알마, 너의 별은

은 시간을 메인 무용수로 활동하면서 몸에 밴 아우라 같은 것인지도 모른다. 다소곳하고 쓸쓸해 보였으나 그건 결코 주눅 든 모습이 아니었다. 그런데 그런 알마가 우는 모습을 시오는 딱 한 번 본 적이 있었다.

"저 풍경은…… 아르파라하고 많이 닮았어."

넓고 푸른 바다 저 끝, 온통 주홍빛으로 물든 수평선을 바라보다 알마가 울먹이며 말했다. 조금 지나자 그 아이의 볼을 타고 눈물이 흘러내렸다. 이윽고 감정을 억누르지 못하고 알마는 고개를 떨구며 흐느꼈다.

"아르파라 행성이 그리워……. 산과 들을 물들이던 빨간 노을, 하늘을 닮은 에메랄드빛 바다와 은빛 모래 언덕, 형광빛을 드러내며 주위를 밝히던 숲속의 나뭇잎들……. 그리고 내 가족과 친구들 그 모든 게 너무나 그리워."

시오는 알마에게 해 줄 말을 찾지 못했으나 그 마음을 충분히 이해했다. 너무나 사랑하는 존재의 갑작스러운 부재. 그로 인한 고통을 자신도 이미 가슴 깊이 경험한 터였다. 시오는 흐느끼는 알마의 어깨를 따스하게 감싸 안았다.

그 뒤 알마는 아르파라 행성에 대한 이야기를 꺼내지 않았다. 노을이 내려앉은 수평선을 바라보며 우는 일 따위도 하지 않았다. 대신에 악착같이 춤에 매달렸다. 공연이 있든 없든 오로지 연습에 몰두했다. 그것만이 자신의 존재 가치를 드러내는 일이라고 생각하는 듯했다. 춤에 대한 알마의 열정은 그야말로 불꽃처럼 뜨거웠다. 그 나이에 어떻게 최고의 무용수로 이름을 날렸는지 짐작하고도 남았다.

CCTV 속 알마가 모로 누워 눈을 두어 번 깜박이더니 잠이 들었다. 변호사를 선임해야 하지만 좀처럼 나서는 사람이 없었다. 외계인이 저지른 살인사건을 변호하는 일이 득보다 실이 더 많다고 생각하기 때문이었다. 지구에는 500만 명의 외계인들이 정착해 있다. 몇십 년 전과 달리 수가 늘어나자 사람들은 더 이상 외계인에게 관대하지 않았다. 호기심과 관심이 사라지면서 차츰 그들을 경계하는 조짐이 퍼졌다. 소수의 외계인들이 지구에서 주요 일자리를 차지하고, 외계인 관련 범죄 사건이 일어나면서부터였다.

시오는 CCTV에 다시 한번 눈을 둔 뒤 밖으로 나왔다. 알마 사건 때문에 묵직한 쇳덩어리가 들어 있는 것처럼 마음이 무거웠다.

수사실로 들어가자 어쩐 일인지 분위기가 어수선했다. 팀장이 특유의 카랑카랑한 목소리로 누군가와 통화하는 중이었고, 경찰들은 안절부절못하는 눈치였다. 시오는 그

알마, 너의 별은

중 한 명에게 다가가 물었다.

"수사실 분위기가 왜 이래요?"

젊은 경관이 목소리를 낮추며 말했다.

"외계인 살인사건 피해자 검시 결과가 나왔어. 죽은 남자는 클론이야."

"클론이요?"

"응. 생체 나이가 20대 후반쯤으로 보이는 클론이었어."

시오는 미간에 힘을 주며 고개를 갸웃했다. 요 근래 살인사건의 피의자들은 클론이 대부분이었다. 그리고 사건은 거의 클론을 이용한 청부살인으로 드러났다. 그렇다면 누군가가 클론을 사주해 알마를 죽이려고 했다는 걸까. 외계인 범죄관리국을 나올 때까지 시오는 그런 의혹을 떨쳐 버리지 못했다.

3

윤설은 음악 소리가 요란한 카페에 앉아 차를 한 모금 마셨다. 지독하게 복잡한 곳이었다. 천장과 벽면을 가득 메운 영상에서 아바타들이 음악에 맞춰 춤을 추고 있었다. 쉴 새 없이 몸을 흔드는 아바타들을 힐긋거리며 윤설은 얼굴을 찌푸렸다. 시오가 왜 하필 이런 곳에서 만나자고 했는지 이해할 수가 없었다. 중등과정이라면 몰라도 고등 2년 차 과정을 다니는 윤설에게 이런 곳은 이제 흥미를 끌지 못했다. 이 복잡한 카페 안에서도 로봇들은 지친 기색 하나 없이 차를 나르고 있었다. 사람이라고 해도 믿을 만큼 섬세하게 만들어진 로봇들이었다. 쾅쾅거리는 비트가 좀 차분한 곡으로 바뀌자 출입문을 열고 시오가

알마, 너의 별은

들어오는 모습이 보였다.

"여기."

시오는 웃을 듯 말 듯 애매한 표정을 짓더니 윤설 곁으로 다가와 앉았다.

"잘 지냈어?"

윤설의 인사에 시오는 고개를 끄덕이고 나서 테이블에 놓여 있는 물을 들이켰다.

"알마는 어때? 아직도 변호사 못 구했니?"

시오가 무겁게 입을 열었다.

"아직 못 구했어. 다행히 알마는 점점 나아지고 있어. 음식을 먹고 있으니까."

"다행이다."

그렇게 말했으나 윤설은 여전히 속이 답답했다. 눈썹에 닿는 앞 머리카락을 입김으로 훅 불어 넘기고 나서 이어 말했다.

"알마가 이번 공연 못 하게 되면 어떡하냐? 공연이 두 달밖에 남지 않았는데 아직도 변호사를 못 구하고 있잖아."

시오가 눈에 힘을 주며 대꾸했다.

"수사에 좀 더 박차를 가하게 만들어야지. 그러면 가능할 거야."

"제발 그랬으면 좋겠다. 요즘 우리 엄마가 이만저만 속상해하고 있는 게 아니야. 메인 무용수가 갑자기 빠져 버리게 생겼으니까. 안무를 다시 짜면 어떻게든 되겠지만, 알마만큼 뛰어난 무용수가 빠지는 건 큰 문제야."

조금 뒤 로봇이 시오 앞에 주문한 탄산음료를 내려놓았다. 로봇이 자리를 뜨자 시오가 주위를 살피고 나서 말을 꺼냈다.

"알마가 죽였다는 남자는 클론이야."

"뭐, 클론?"

윤설이 큰 소리를 내자 시오의 낯빛이 달라졌다.

"목소리 좀 낮춰."

윤설은 잠자코 시오를 바라보았다. 그제야 왜 이 시끄러운 곳을 약속 장소로 정했는지 알아챘다.

"근데 사인이 좀 명쾌하지 않아."

"어떻게?"

시오가 또다시 주위를 의식하더니 말을 꺼냈다.

"피해자 클론의 사인은 후두부 타박상이 아니야. 다른 거였어."

"다른 거라니?"

"파욜라 증후군이라고 심장이 까맣게 굳어서 죽는 병이야. 전염병은 아니고 면역체계 결함으로 생긴 병이라

알마, 너의 별은

고 들었어. 요즘 클론들에게 그 병이 퍼지고 있다는 보고를 들은 적이 있어."

윤설은 얼떨떨한 표정을 짓더니 갑자기 생각난 듯 또 목소리를 높였다.

"그럼, 알마하고 상관없는 거 아니니?"

"꼭 그런 건 아니야. 어쨌든 알마가 피해자의 후두부를 죽을 만큼 내리쳤으니까. 근데 알마가 후두부를 내리친 시점은 클론이 사망하고 한 시간 뒤쯤으로 나왔어. 살인죄가 아니더라도 시신을 물리적으로 망가뜨린 사체손괴죄에 해당될 수 있어. 아, 도대체 나도 뭐가 뭔지 모르겠다!"

윤설이 황당한 표정을 지었다.

"하필 알마가 그런 작자한테 위협당할 게 뭐냐! 그것도 죽기 일보 직전에 있는 클론한테 말이야."

그러나 시오는 좀 더 냉정했다.

"아니, 난 그렇게 생각하지 않아. 수사가 복잡하겠지만 오히려 알마의 정당방위를 설명할 수 있는 기회가 될지도 몰라. 누군가가 사망한 클론을 사주했다는 의혹이 들었거든."

"사주라니? 갑자기 무슨 소리야?"

시오가 말했다.

"요즘 클론이 저지른 살인사건들에 대해 너도 들어 본 적 있지?"

윤설이 고개를 끄덕이자 시오가 다시 말했다.

"살인사건을 수사해 보면 모두 다 클론을 이용한 청부 살인이었어. 누군가 어떤 목적을 가지고 클론한테 살인을 저지르게 만든 거지."

윤설이 진지하게 물었다.

"네 말이 맞다면, 도대체 뭣 때문에 클론을 시켜 알마를 죽이려고 위협했을까? 다짜고짜 알마를 죽이려고 위협했다고 했잖아. 내가 알기로 알마한텐 큰돈이 없어. 게다가 정치적인 색깔을 가지고 있는 것도 아니야. 이곳이 아르파라 행성이라면 또 모를까. 알마는 오로지 춤밖에 모르는 애잖아."

윤설의 말에 시오는 난감한 표정을 지었다. 왜 클론이 알마를 위협했는지, 그 동기를 알 수가 없는 탓이었다. 하지만 피해자 클론이 알마를 죽이려고 위협한 건 확실했다. 그렇지 않다면, 그 시간 알마의 집에 침입할 이유가 없었다. 결과는 정반대의 상황으로 나타나고 말았지만. 클론과의 생활이 일상화된 지 몇 세기가 지났으나 어떤 사람들에게 클론은 여전히 하나의 제품에 불과했다. 클론은 지금까지 부유한 사람들의 장기 대체 상대로 이용

되고 있다. 클론 인권운동가들의 길고 힘든 싸움으로 장기매매를 법으로 금지시켰으나, 음지에서는 여전히 장기매매 거래가 이루어진다. 그뿐만이 아니었다. 클론은 또 다른 방법으로 악용되었는데, 그게 바로 청부살인 병기였다. 그리고 그 중심에 박영모가 있었다. 베일에 가려진 박영모는 클론들을 대량 복제해서 악용하는 악마 같은 사람이었다.

시오는 이번 사건에도 박영모가 개입됐을지도 모른다고 생각했다. 그러나 추측일 뿐 증거가 없으니 함부로 발설해서는 안 됐다.

동기를 알 수 없었으나, 시오는 해결의 열쇠가 역시 클론이라고 확신했다. 사망한 클론은 누군가의 사주를 받은 게 분명했다. 그렇지 않다면 정황상 클론이 알마를 위협할 이유가 없었다. 클론을 사주한 사람을 찾는 게 최우선이라고 생각했다.

잠자코 있던 윤설이 의구심이 가득한 눈빛으로 말했다.

"그래도 클론이 갑자기 죽은 게 아무래도 이해가 가지 않아. 설마, 알마에게 초능력이 있는 건 아니겠지? 우리 반 애들은 모두 다 그렇게 믿고 있는 눈치야."

시오가 고개를 가로저었다.

"그럴 리가 없어. 알마는 나한테 그런 말을 한 번도 하지 않았어. 만약에 초능력이 있다면, 틀림없이 내게 얘기해 줬을 거야. 그리고 외계인들한테 초능력이 있다는 소문은 대부분 거짓으로 드러났어. 그 소문 역시 외계인들을 핍박하려는 음모에 지나지 않았어."

"그렇다면 시위대들이 맨날 떠들어 대는 소리도 음모라는 거니? 외계인 때문에 실직자들이 늘어나고, 그들이 계속 범죄를 저지른다는 소문 말이야?"

"조사 결과를 보면 거의 음모가 맞아. 외계인들 때문에 실직자와 범죄 사건이 늘어났다는 말은 과장된 소문에 불과해. 실직 문제는 언제나 있어 왔고, 사람들이 모이는 곳엔 범죄 사건도 늘 일어났어. 외계인들한테 그렇게 덮어씌울 일이 아니야. 사회에 불만이 가득한 사람들이 힘없는 사람들에게 가하는 악의라고."

그러고 나서 시오는 윤설을 향해 단호하게 말했다.

"사망한 클론을 사주한 놈을 찾아내야 하는 이유가 바로 그거야. 오해와 편견을 바로잡아야 하니까."

윤설이 얼버무렸다.

"우리 엄마도 그런 말을 하긴 하셨지만……. 아무래도 클론의 사망 시점이 이상해."

시오가 말했다.

"나도 짐작만 할 뿐이지만, 이건 누군가의 사주가 분명

알마, 너의 별은

해. 누군가가 알마를 위험에 빠뜨리려 하고 있어."

말하고 나서 두 사람은 잠시 침묵했다. 김이 빠진 탄산 음료를 한 모금 마시고 나서 윤설이 먼저 말을 꺼냈다.

"외계인 범죄관리국에서는 이 사건을 어떻게 수사하고 있어?"

시오가 어렵사리 대답했다.

"상부 지시와 상관없이 먼저 죽은 클론에 대해 조사하려고 해. 그자에 대해 알아내면, 누군가가 어떤 목적으로 알마에게 접근했는지 알 수 있을 것 같아. 상부에서는 이 사건을 가능한 한 빨리 처리하려는 눈치야. 외계인한테 살해당한 클론은 그들의 관심 밖이니까. 그리고 시위대들 때문이기도 하지."

윤설이 눈살을 찌푸렸다.

"그럼, 너 혼자 죽은 클론에 대해 조사하겠다는 말이니?"

시오가 고개를 끄덕이고 나서 말했다.

"단서를 찾아 들이밀면 어쩔 수 없이 수사를 깊게 파헤치겠지. 그걸 기대하면서 뛰어다니고 있어."

"어이쿠!"

윤설은 한숨을 폭 내쉬고 나서 착잡한 얼굴로 말했다.

"그렇다고 하더라도 알마에 대한 평판은 좋아지지 않

을 거야. 여전히 살인을 저질렀다는 누명에서 벗어나기 힘들지도 몰라. 우리 반 학급 단체 채팅방은 알마 이야기로 매일 시끌벅적해. 알마가 다시 학교로 돌아올까 봐 무서워 죽겠다고 떠들어 대. 모두 알마가 오는 걸 반대하는 눈치야. 외계인 추방 운동을 하는 극렬한 시위대들하고 다를 게 하나도 없어."

시오가 단호하게 말했다.

"그렇기 때문에 사주한 자를 꼭 찾아내야 해. 변호사를 통해 알마가 정당방위였다는 것만 입증해서는 곤란해. 계속 이런 일이 일어날지도 모르니까."

시오의 말에 윤설은 고개를 끄덕였다. 그러고는 갑자기 생각난 듯 말했다.

"참, 내일 엄마랑 외계 이주민센터에 가기로 했어."

"그곳엔 뭐 하러?"

"엄마가 외계인 공연 때문에 센터장님을 만나려고 하나 봐. 요즘 센터 가까운 곳에 무용수들의 연습실을 마련했어."

"갑자기 왜 그곳에?"

윤설은 부루퉁한 얼굴로 대답했다.

"아르파라인들한테 연습실을 내준 사람이 나가라고 했대. 보나마나 알마 때문이겠지 뭐."

알마, 너의 별은

"진짜 황당하다."

윤설의 이야기를 듣다 보니 시오는 마음이 더욱 다급했다. 가능한 한 빨리 알마 사건을 제대로 해결해야 할 것 같았다. 언론에서는 외계인이 저지른 살인사건에 대해 보도할 뿐 사건의 진상에 대해서는 그 어떤 언급도 하지 않았다. 때문에 일반 사람들은 그 내막에 대해 전혀 알 길이 없었다. 외계인을 추방하려는 시위대들의 움직임이 더 격렬해질 게 뻔했다.

윤설이 분위기를 바꾸려는 듯 밝은 목소리로 말을 꺼냈다.

"너도 센터장님 본 적 있지?"

시오는 매체를 통해 외계 이주민센터장 전하린을 몇 번 본 적이 있었다. 중년 여자였고 꽤나 강단 있게 생겼다는 인상을 받았다. 본 적이 있다고 말하자, 윤설은 기쁨을 감추지 못했다.

"그분이 이주 외계인들한테 헌신하게 된 계기는 어릴 적 다녀온 우주여행이라고 했어. 행성 이곳저곳을 여행하면서 저절로 그런 생각이 들었대. 광활한 우주는 놀랍도록 아름답고, 그 우주에 살고 있는 모든 지적생명체는 함께 공존해야 한다고. 그래서 어른이 되면 지구에 정착한 외계인들을 위해 살기로 마음먹었대."

윤설의 눈빛은 그 어느 때보다 밝게 빛났다. 윤설은 진심으로 전하린 센터장을 존경했다. 그 사실을, 시오는 오래전부터 알고 있는 터였다.

알마, 너의 별은

4

외계 이주민센터는 도심에서 한참 벗어난 곳에 있었
다. 낮은 산으로 둘러싸인 구릉지, 단독주택들이 들어선
마을에 센터가 있었다. 몇 년 전, 처음 이곳에 왔을 때 윤
설은 몹시 흥분했던 기억이 떠올랐다. 초고층 빌딩 속에
서 나고 자란 윤설에게 산 아래 작은 마을은 말할 수 없이
신기했다. 마치 동화 속에나 나올 법한 마법의 세계 같았
다. 윤설은 아늑하고 고요한 이 마을이 첫눈에 마음에 들
었다.

윤설은 엄마를 따라 담벼락이 샛노란 집 앞으로 걸어
갔다. 역시 샛노란 대문은 살짝 열려 있었다.

안으로 들어서자 2층 집이 드러났다. 군데군데 수리한

티가 나는 오래된 주택이었다. 꽤 넓은 마당은 손길이 닿지 않아 제멋대로인 채였다. 억센 잡초들이 사람 무릎 높이를 웃자라 있었고, 열매를 주렁주렁 달고 있는 나뭇가지들이 땅바닥에 닿을 만큼 축 늘어져 있었다. 그 가운데 윤설은 담벼락 옆에 나란히 피어 있는 야생화에 눈을 두었다. 새빨간 꽃잎이 너무나 아름다운 꽃이었다. 공들여 가꾼 티도 나지 않았으나 야생화들은 햇살 아래서 싱그럽게 피어 있었다. 꽃들을 홀린 듯 내려다보고 있는데, 현관문 열리는 소리가 났다.

"어서 와요. 어! 윤설이도 같이 왔네."

전하린 센터장이 양팔을 벌린 채 목소리를 한 옥타브 높이며 말했다. 그녀가 몸을 움직일 때마다 귀밑에 닿는 단발머리가 찰랑거렸다. 전하린 센터장은 오래도록 짧은 단발머리를 고수했다. 새치 하나 없는 검은 머리 때문인지 40대 초반의 나이에도 생기발랄해 보였다.

전하린 센터장은 두 사람을 2층 자신의 사무실로 안내했다. 사무실은 정원과 마찬가지로 잡다한 물건들로 잔뜩 어질러져 있었다. 한쪽 벽면을 차지하는 책장에 미처 꽂히지 못한 책들이 삐뚤삐뚤 쌓여 있었고, 그나마 빈 공간에는 푸른곰팡이가 피어 있었다. 윤설이 곰팡이 핀 벽면에 눈을 두자 전하린 센터장이 멋쩍은 얼굴로 말했다.

"비가 새서 생긴 곰팡이야. 집을 대대적으로 수리해야 하는데 시간 내기가 너무 어려워."

윤설은 오후 햇살 때문에 부신 눈으로 맞은편 전하린 센터장을 쳐다보았다. 전하린 센터장은 방 안 가득히 햇볕이 들어와 있다는 사실조차 알지 못하는 눈치였다. 일에 몰두하고 있어서였다. 전하린 센터장이 블라인드를 내려 햇빛을 가렸다. 윤설은 눈 뜨기가 한결 편안해졌다.

윤설의 엄마가 전하린 센터장에게 인사말을 건넸다.

"새 연습실을 구해 줘서 정말 고마워요. 요즘 행성인들한테 다들 얼마나 각박하게 구는지 연습실도 빌릴 수가 없었어요. 이곳과 가까운 곳이라고 들었는데 어디쯤인가요?"

전하린 센터장이 대답했다.

"어차피 비어 있는 건물이었어요. 이곳에서 차로 10분쯤 걸리는 곳에 있는데, 예전엔 체육관으로 사용했죠. 낡은 건물이지만 공연 연습을 하는 덴 문제없을 거예요."

"참, 알마의 변호사는 선임됐나요?"

윤설 엄마의 물음에 전하린 센터장의 얼굴빛이 어두워졌다.

"아직이에요……. 하지만 변호사만 선임하면 알마는 곧 나올 거예요. 누가 봐도 정당방위니까요. 그나저나 알

41

마가 걱정이에요. 가뜩이나 예민한 아이인데, 이번 일로 트라우마가 생길까 봐 정말 걱정돼요."

전하린 센터장이 알마를 얼마나 걱정하고 있는지 얼굴에 그대로 드러났다. 윤설은 전하린 센터장의 어두운 얼굴을 바라보다 벽면 한쪽의 액자 속 사진들로 눈을 돌렸다. 예전에도 봤던 사진들이었다. 신기해서 센터장님의 허락을 받고 몇 장은 스마트링크에 저장해 놓았다.

조금 뒤 자리에서 일어나 사진을 걸어 놓은 벽 가까이 걸어갔다. 대부분 풍경 사진들이었다. 그러나 지구에서는 한 번도 본 적이 없는 낯선 풍경들이었다. 사진 속에는 고목처럼 앙상한 가지를 뻗은 나무숲이 있었고, 소용돌이치는 파란색 모래 언덕이 있었다. 전하린 센터장은 젊은 시절에 여러 행성을 여행했다고 들었다.

'저 파란 모래 행성은 어디쯤 있는 걸까…….'

잠시 그런 생각을 하다 윤설은 다음 사진을 바라보았다. 이번에는 온통 어두운 풍경 사진이었다. 까만 어둠 속에서 크고 둥근 달 하나가 떠 있었다. 달빛이 너무 강렬해서인지 주위의 별들이 흐릿해 보였다. 윤설이 밤하늘 사진 앞으로 한 발짝 다가설 때였다.

"파란 모래 언덕이 꽤 볼 만하지 않니?"

전하린 센터장이 다가와 사진에 눈을 두며 말을 걸었

알마, 너의 별은

다. 윤설은 회오리 치는 파란 모래 사진을 바라보며 고개를 끄덕였다. 전하린 센터장이 말했다.

"저 행성의 어느 지역은 온통 파란색 모래로 뒤덮여 있었어. 가끔 모래가 소용돌이치곤 했는데 그 모습은 정말로 장관이었지. 때로는 5미터가 넘을 만큼 높디높은 회오리를 만들곤 했는데, 좀 떨어진 곳에서 보면 푸른 파도가 휙 솟구쳐 오르는 것 같았어. 그 모습을 나는 아직도 생생하게 기억하고 있어. 너무나 신비롭고 아름다운 모습에 충격을 받을 정도였어."

전하린 센터장이 사색에 잠긴 얼굴로 이어 말했다.

"다른 행성에서 마주친 모습들은 낯설고 두렵지만 가슴을 설레게 했어. 그 설렘은 지구 다른 곳을 여행할 때와는 비교도 할 수 없을 만큼 컸어. 상상도 할 수 없는 신비로움 때문일까? 진부하게 들리겠지만 머나먼 우주가 지닌 신비함 때문일 거야. 아무튼 행성 여행만큼 내 가슴을 뛰게 만드는 건 아직껏 아무것도 없었어. 삶이 비루하고 지겹다고 느껴질 때, 난 그때 경험을 떠올리곤 해. 다른 행성에서 마주쳤던 수많은 풍경들과 마음이 통하는 외계 행성인들과 밤새워 나눴던 이야기들……. 그걸 떠올리다 보면 또다시 살아갈 힘을 얻게 되는 거야. 아, 말이 너무 길어졌네. 그 옆 사진에 있는 나무들도 신기하지 않니?

가지만 앙상한 게 꼭 죽은 나무처럼 보이지만, 저런 모습으로 수천 년을 살고 있다고 들었어."

설명을 듣고 나니 윤설은 이 낯선 풍경들이 한없이 신비롭기만 했다. 이 모든 걸 눈으로 직접 보고 온 센터장의 용기가 새삼 존경스러울 정도였다. 전하린 센터장이 윤설의 엄마 곁으로 걸어갈 참이었다. 윤설은 방금 전에 눈여겨보던 밤하늘 사진을 손으로 가리키며 물었다.

"이 사진도 멋져요. 어쩐지 지구의 밤하늘하고 비슷한 것 같기도 하고요."

전하린 센터장이 멈춰 서더니 팔짱을 낀 채 빙긋 웃었다.

"달빛이 엄청 밝지?"

그러고 나서 전하린 센터장이 말했다.

"그 강렬한 달빛 아래서 함께 여행한 사람들과 많은 이야기를 나눴어. 정말로 경이롭고 낭만적인 밤이었지. 깊은 밤이었으나 사위가 완전히 밝았어. 마치 하늘에 거대한 스포트라이트가 켜져 있는 것 같았어. 행운이었지. 일년 중 달빛이 가장 밝은 날 밤이었다고 했으니까."

전하린 센터장이 사진을 지그시 바라볼 때였다. 갑자기 밖에서 웅성거리는 소리가 났다. 윤설은 창밖을 내다보았다. 뜻밖에도 사람들이 모여 있었다. 한두 명이 아니었다. 외계 이주민센터 둘레로 사람들이 떼 지어 몰려들

알마, 너의 별은

었다.

윤설이 놀란 얼굴로 전하린 센터장을 보았다. 전하린 센터장은 밖을 내다보며 대수롭지 않다는 듯 말했다.

"또 찾아오셨군!"

윤설의 엄마가 윤설 곁으로 다가와 손을 꼭 잡으며 말했다.

"시위대들이야. 지구에서 외계인을 추방하려는 사람들의 모임이지."

윤설도 도시 한가운데에서 시위하는 군중들을 몇 번본 적이 있었다. 그들은 플래카드를 치켜들고 끊임없이 외쳤다.

외계인을 추방하라!
범죄 저지르는 외계인한테 우리 일자리를 내줄 수 없다!
초능력 쓰는 외계인하고 무서워서 같이 못살겠다!

이곳에 모인 시위대들도 똑같은 문구가 적힌 플래카드를 들고 외쳐 댔다. 윤설은 겁에 질린 얼굴로 시위대들을 지켜보았다. 가슴이 계속 떨렸으나 그들이 하는 말과 행동들 하나하나를 놓치지 않았다.

날이 어둑해지자 시위대들은 홀로그램을 틀었다. 그때

까지 윤설은 창가에 붙박인 듯 서서 스크린에 비친 홀로그램을 보았다. 처음 보는 영상이었다.

지구인으로 보이는 중년 남자가 청동 칼을 외계 남자에게 건네는 장면이 나왔다. 지구인 남자의 얼굴은 모자이크로 처리된 채였다. 외계 남자는 행성의 수장인 듯 보였다. 황금색 튜닉을 입은 수장 곁에는 그를 비호하는 외계인들이 빙 둘러서 있었다. 외계인들은 투박한 녹색 피부를 지녔는데, 그 때문에 몹시 기괴해 보였다. 덩치 또한 지구인과 많이 달랐다. 거인처럼 크고 우락부락했으며 눈동자마저 빨간빛을 띠었다.

외계 수장의 손에 들린 청동 칼은 손잡이에 정교한 나비 문양이 새겨져 있었다. 아마도 친선 목적으로 지구에서 가져간 선물인 듯 보였다. 외계 수장이 의심스러운 눈초리로 청동 칼을 훑어보았다. 그런데 선물이 마음에 들지 않은 걸까. 갑자기 녹색 얼굴을 잔뜩 일그러뜨리며 괴성을 내질렀다. 눈 깜짝할 사이였다. 순식간에 지구인 남자의 목에 청동 칼을 휘둘렀다.

너무나 끔찍한 장면을 보면서 윤설은 정신이 아찔할 지경이었다. 목에서 그 어떤 소리도 새어 나오지 않았다. 이윽고 화면 속에서 여자아이가 찢어질 듯한 비명을 내질렀다. 절박함과 공포가 묻은 그 소리에 윤설은 정신이 퍼뜩 들었다. 화면은 쓰러진 남자를 향해 달려가는 여자아이를 비췄다. 여자아이의 얼굴 역시 모자이크로 가렸다.

"아빠!"

여자아이가 바닥에 쓰러진 남자의 몸을 흔들며 외쳤다. 그러나 남자는 목에 피를 흘린 채 꼼짝하지 않았다. 여자아이는 그 작은 손으로 남자의 몸을 있는 힘껏 끌어안았다. 그래도 남자가 움직이지 않자 두 다리를 뻗대며 목 놓아 울었다.

조금 뒤 외계 수장이 고함을 지르더니 울부짖는 여자아이를 한 손으로 번쩍 치켜들었다. 움츠린 여자아이의 모습이 클로즈업됐다. 여자아이는 바들바들 떨면서도 발악을 했다. 자신을 빤히 보고 있는 외계 수장의 얼굴에 침을 내뱉었다. 외계 수장은 또다시 괴성을 내질렀다. 붉은 눈알을 부릅뜨며 여자아이 얼굴 가까이 청동 칼을 들이댔다. 화면이 동굴처럼 어둑한 실내 천장을 비췄다. 그 순간, 고통으로 숨이 막힐 듯한 여자아이의 비명이 울려 퍼졌고, 매끄러운 대리석 바닥으로 핏방울이 뚝뚝 떨어지면서 화면이 꺼졌다.

윤설은 두 손으로 얼굴을 가렸다. 외계 수장이 여자아이를 어떻게 했는지 보지 않아도 알았다. 여자아이는 입술 한쪽이 귀밑까지 죽 찢겨 있었다. 그 모습을 한 채 지구로 돌려보내졌다고. 발크란 행성인들은 이 잔인한 장면을 실시간으로 지구에 보냈다. 자신들의 행성에서 규칙을 지키지 않으면, 모두 이렇게 될 줄 알라는 엄포용 홀로그램이었다. 그 몇 시간 전, 지구인들은 발크란 행성 금지 구역을 다녀왔다고 했다. 작은 방심 탓에 그런 무자비한 일을 당한 것이다. 그 즉시 지구연합의회에서는 발크란 행성 여행을 금지시켰다. 뿐만 아니라 우주연방에 속한 모든 행성에서도 발크란 여행을 금지시켰다. 수많은 지구인들은 발크란 행성을 향해 전쟁을 선포해야 한다고 아우성쳤으나, 전쟁은 일어나지 않았다. 대신에 발크란 행성과 교류를 끊는 것으로 매듭지었다.

30년 전의 일이었다. 우주연방 지구친선 외교대사로 발크란 행성을 방문한 남자는 동행한 어린 딸 앞에서 무자비하게 죽임을 당했다. 입에서 귀까지 한쪽 볼을 찢긴 채 지구로 돌아온 여자아이는 성인이 될 때까지 친척 집에서 지냈다고 들었다. 그러나 그 뒤에는 행방이 묘연했다. 지구연합 외계인 관리본부에서 여자아이의 행방을 조사했으나 흐지부지됐다고 들었다. 트라우마로 인적 없는 요양원에 머물고 있다는 소문만 무성할 뿐이었다. 그리고 30년이 지난 지금에 와서야 다시 여자아이의 행방을 찾고 있는 중이었다. 시위대들의 항의 말고 다른 이유가 있

알마, 너의 별은

는 듯했으나, 지난번에 만났을 때 시오는 말을 아꼈다.

시위대들이 물러나고 주위가 고요해졌으나 세 사람 중 누구도 입을 열지 않았다. 조금 더 지난 뒤 전하린 센터장이 말을 꺼냈다. 전하린 센터장은 어렵사리 입을 열었고, 젖은 눈자위가 붉어져 있었다.

"몇 번을 봐도…… 가슴이 너무 아파……."

그러고 나서 전하린 센터장은 이를 악물었다. 불현듯 분노의 눈빛을 하며 말했다.

"하지만 이제 와서 뭘 어쩌라고! 시위대들은 저 홀로 그램을 이용하고 있어!"

전하린 센터장의 눈빛이 불안하게 흔들렸다. 고통으로 일그러진 얼굴을 하며 잠시 몸을 떨었다. 조금 뒤 전하린 센터장은 착 가라앉은 목소리로 말했다.

"가끔은 나도 외계인들을 의심할 때가 있어. 저들은 무슨 목적을 가지고 지구에 온 걸까? 우리보다 지적 능력이 뛰어난 외계인들이 언젠가 권력을 잡고 지구인들을 휘두르면 어떻게 하지? 맞아, 저들은 초능력으로 지구인들을 초토화시켜 버릴지도 몰라. 많은 사람들이 믿는 것처럼 나도 그렇게 흔들릴 때가 있어."

윤설은 독백과도 같은 전하린 센터장의 말에 귀를 기울였다.

"하지만 몇 사람의 불행으로 전체 외계인들을 악하다고 말하면 안 돼. 그건 착하고 성실하게 살아가는 외계인들에게 못할 짓이고, 외계인과 공존하며 살아가야 하는 우주 시대를 핏빛으로 물들게 하겠다는 행위야."

그래도 윤설은 충격이 사라지지 않았다. 때문에 전하린 센터장의 말에 고개를 끄덕일 수가 없었다. 전하린 센터장이 윤설을 보며 물었다.

"윤설아, 외계인 알마와 친하게 지낸다고 했지?"

윤설이 고개를 끄덕이자 전하린 센터장이 다시 물었다.

"저 홀로그램 때문에 알마에 대한 생각이 달라졌니? 알마가 괴물 같아?"

"그런 건…… 아니에요."

윤설은 고개를 숙이며 마지못해 대답했다. 센터장이 정곡을 찌르는 질문을 던졌기 때문이었다. 그런 줄도 모르고 전하린 센터장이 대답했다.

"그럼 다행이야. 윤설이가 저들의 선동에 흔들리지 않아서……. 저 사건은 소통이 부족해서 생긴 불행한 일이었어. 그 후로 저런 비극은 단 한 번도 일어나지 않았어. 다시는 일어나서는 안 되는 일이지."

윤설은 천천히 고개를 끄덕였다. 그렇지만 충격이 사라진 건 아니었다. 플래카드에 적혀 있는 문장들이 떠올

알마, 너의 별은

랐다. 평소 시위대들의 목소리를 귀담아듣지 않았으나 홀로그램을 보고 나니 솔직히 마음이 흔들렸다. 엄마는 시위대들의 말에 현혹되지 말라고 몇 번이나 당부했다. 하지만 엄마의 말이 반드시 옳은 건 아니었다. 다른 외계 행성인들과 함께 산다는 건 너무 힘든 일 같았다. 그들의 힘이 세진다면, 정말로 전쟁과도 같은 일이 일어날지도 모를 일이었다.

그런 생각을 하는데 문득 알마의 모습이 떠올랐다. 알마가 슬픈 눈으로 자신을 바라보고 있었다. 그 아이의 쓸쓸한 눈빛을 떠올리자, 윤설은 알마가 너무나 가여웠다.

5

알마는 감금실 통유리창 너머로 복도를 내다보았다. 제복 입은 경찰들이 지나가자 실내는 다시 깊은 연못 속처럼 고요해졌다. 감금실 안은 말할 것도 없었다. 꽉 막힌 공간에 사흘째 갇혀 있다 보니 수많은 생각들이 꼬리에 꼬리를 물고 머릿속에서 맴돌았다.

'이러다 미쳐 버릴지도 몰라.'

옴짝달싹하지 못하자 알마는 정말로 미쳐 버릴 것만 같았다.

공연이 얼마 남지 않았다. 그 생각을 하면 숨이 쉬어지지 않을 만큼 가슴이 답답했다. 어떻게 성사시킨 공연인 줄 모른다. 외계 무용수들의 단독 무대를 절대 허락할 수

알마, 너의 별은

없다는 예술계 고위직 인사들을 끝까지 설득한 사람은 윤설의 엄마였다. 한시적인 화제성 공연에 불과할 무대에 투자할 수 없다는 사람들 속에서 아르파라 무용단의 예술성과 작품성을 알아본 사람도 윤설의 엄마였다. 또한 외계 이주민센터장이 사방으로 뛰어다니지 않았다면, 아마 이루어지지 못했을 것이다.

알마는 윤설이 자신의 엄마를 많이 닮았다는 생각을 했다. 윤설은 움츠러들어 있는 알마에게 기꺼이 손을 내밀어 줬다. 지구인들을 좀 더 깊게 알고 싶어 알마는 망설이지 않고 고등과정에 입학했다. 덕분에 윤설과 친구가 된 건 정말 행운이라는 생각을 종종 했다. 시오와 어릴 적부터 친구였다는 윤설은 심성이 밝고 착했다. 또한 다양한 사람들과 문화와 습관에 대한 편견이 하나도 없었다. 그런데도 알마는 선뜻 윤설에게 마음을 열지 않았다. 자신을 보호해야 한다고 생각했기 때문이었다. 지구인들은 바로 옆 동네에 살던 이웃들이 아니었다. 아르파라와 너무나 먼 행성에 사는 외계인들이었고, 자신은 이곳에서 이방인에 불과했다. 그런 지구인들 틈에서 알마는 늘 긴장하며 지내야 했다. 때로는 노골적으로 적대감을 드러내는 시선에 주눅이 들었다.

또다시 분홍색 잇몸을 드러내며 활짝 웃는 윤설의 모

습이 떠올랐다. 눈썹 위에 닿을락 말락 한 일자 앞머리, 새꽁지만 한 머리카락을 늘 하나로 묶은 윤설은 귀여운 인상을 주는 아이였다. 이따금 윤설은 시오를 애늙은이라며 험담을 하곤 했다. 시오가 지나치게 진지하다는 것이다. 알마가 보기에도 두 아이는 성격이 잘 맞지 않았다. 섬세한 시오에 비해 윤설은 때로 무지막지하게 덜렁거렸다. 때문에 두 아이는 자주 토닥거렸지만, 말하지 않고도 마음을 읽을 줄 알 정도로 가까운 사이였다.

　윤설을 떠올리자 알마는 자기도 모르게 입가에 미소를 띠었다. 함께 뛰놀던 아르파라 친구들의 모습이 떠오른 탓이었다. 어린 시절 알마는 호기심이 많고 씩씩한 아이였다. 친구들과 숲속을 헤매 다니느라 한낮이면 잠시도 집에 머무르지 않았다. 숲속은 언제나 그늘이 져 있었다. 그러나 샤앙나무가 자라 있는 곳은 달랐다. 작고 도톰한 나뭇잎들이 색색의 형광빛을 내며 주위를 환하게 밝혀 주었다. 알마는 거대한 샤앙나무를 특히 좋아했다. 높다란 나뭇가지에 오른 뒤 숲속을 내다보다가 가지와 가지 사이를 곧잘 건너뛰었다. 그 모습을 친구들은 위태롭게 쳐다보았으나 알마는 아랑곳하지 않았다. 나뭇가지를 건너뛰면서 차츰 허공에서 머물고 도약하고 회전하는 방법을 익혔다. 그리고 더 많은 시간이 흐른 뒤, 알마는 허공을 날아다니며 춤추는 무용수가 되었다.

"모두들 잘 지내고 있을까……."

안무가 선생님의 얼굴이 떠오르자 알마의 낯빛이 금세 슬픔으로 물들었다. 안무가 선생님이 알마에게 말했다. 지구에 정착하면 안무를 맡아 무용단을 이끌고 나가라고. 무슨 일이 있어도 지구에서 꼭 춤을 춰야 한다고. 그 말이 이제 겨우 10대 중반에 이른 알마에게 얼마나 부담이 되는지 모르고 하는 소리일까. 알마는 지독한 연습 벌레에 타고난 무용수였으나 외계 행성에서 무용단을 이끄는 일을 하기엔 자신은 너무 어리다고 생각했다. 때문에 알마는 잔뜩 겁을 집어먹었다. 아르파라에 남아 언젠가 아르파라인들에게 춤을 가르치겠다며 감옥행을 택한 안무가 선생님이 야속하기만 했다. 그러나 안무가 선생님의 절박한 눈빛이 떠오를 때면 알마는 그러겠노라고, 결심할 수밖에 없었다. 얼마나 간절하면 어린 알마에게 그런 말을 꺼낼까 싶었다. 가슴을 옥죄는 책임감 안에서 버티는 수밖에 없다고 자신을 다그쳤다.

알마는 자유롭게 춤을 출 수 있다면, 아르파라에 머물렀을 것이다. 그러나 타르칸 제국은 알마가 속한 예술가 그룹의 공연을 금지시켰다. 공연 중간에 너무나 갑작스럽게 일어난 일이었다. 알마는 그 생각만 하면 지금도 참을 수 없을 만큼 화가 솟구쳤다.

순회공연을 하는 중이었다. 알마와 무용수들은 객석을 가득 메운 관객들 앞에서 춤을 추고 있었다. 온 힘을 다해 준비한 무대였기에 관객의 호응은 더할 나위 없이 열렬했다. 관객들의 반응에 힘을 얻은 무용수들은 그 어느 때보다 더 훌륭한 무대를 선보였다. 타르칸 제국을 비난하려는 의도 같은 건 없었다. 단지 알마가 자라며 보고 느끼고 어루만졌던 아르파라 자연의 아름다움에 대해 이야기하고자 했다. 무용수들의 작은 몸짓에도 객석에 앉아 있는 수많은 아르파라인들이 눈물을 흘렸다. 그 모든 게 타르칸 제국의 비위를 거슬리게 했을 것이다. 그리고 그들의 비위를 건드린 또 다른 이유가 있었다. 알마가 속한 예술가 그룹은 타르칸 제국의 통치를 반대하는 시위에 번번이 참가하곤 했다. 때문에 늘 예의 주시당하고 있었다.

무대 2막. 무대 중앙 홀로그램에서 폭포수가 쏟아져 내리고 있었다. 웅장하게 울려 퍼지는 음악에 맞춰 무용수들이 춤을 추고 있을 때였다. 갑자기 음악 소리가 멈췄다. 곧이어 무대 조명등이 꺼지면서 객석에 불이 들어왔다. 무용수들도 관객들도 모두 놀란 얼굴로 우왕좌왕하고 있을 때였다. 무용수들과 스태프들이 드나드는 문이 벌컥 열리면서 타르칸 제국 경찰들이 무대 위로 뛰어 들어왔

알마, 너의 별은

다. 그들은 무장한 채 허둥대는 무용수들을 무대에서 하나하나 끌어내렸다. 알마는 너무나 두려웠다. 더는 춤을 추지 못할 거라는 생각이 들었고, 이대로 잡혀가 죽을지도 모른다는 공포가 온몸을 덮쳤다. 그러나 아무런 저항도 못 하고 끌려가는 무용수들을 보고 있으니 화가 치밀어 올랐다. 두려움은 분노로, 곧이어 타르칸인들을 향한 경멸로 바뀌었다. 타르칸인들은 야만인들이었다. 어떻게 공연 중에 무용수들을 무대에서 끌어내릴 수 있을까. 알마는 끌려가면서 미개한 타르칸인들을 속으로 마음껏 비웃었다.

얼마 뒤 알마는 중년 남자와 마주 앉았다. 남자는 타르칸 제국의 고위 경찰관이었다. 남자가 알마를 살피다가 입을 열었다.

"앞으로 타르칸 제국을 위한 춤을 춘다면 기꺼이 공연을 허락하지."

제국의 경찰은 꽤 선심 쓴다는 얼굴로 알마에게 말했다. 알마는 말없이 제국의 경찰을 응시했다. 금빛 피부를 지닌 중년 남자가 자신을 보며 자신만만한 미소를 지었다. 당연히 앞에 앉아 있는 어린 무용수가 그러겠노라고 대답할 거라 예상했을 것이다. 알마가 입을 열어 말했다.

"그렇게는 못 합니다. 제가 속한 예술단의 취지와 달라서 그렇게 하지 못하겠습니다."

알마는 자기가 생각해도 어떻게 그런 말을 했는지 알수가 없었다. 심장이 오그라들 만큼 떨렸으나 당차게 대꾸했다.

타르칸 제국의 경찰은 한쪽 입술을 말아 올리며 웃었다. 번뜩이는 그의 눈빛이 무서웠으나 알마는 말을 번복하지 않았다. 자신의 운명이 어떻게 펼쳐질지 예감했다. 머지않아 다른 정치범들처럼 타 행성으로 추방될 것이다. 아니면 긴 세월 감방에 갇히게 될지도 모른다. 제국의 경찰이 말했다.

"그렇다면 우리도 방법이 없군. 우리 쪽에선 네 단독 무대를 계획하고 있었는데 몹시 아까워."

경찰은 고개를 도리질하며 한심하다는 듯 알마를 뚫어지게 바라보았다.

"방법을 알려 줘도 써먹지 못하는 바보들이야, 너희 아르파라인들은!"

경찰은 중얼거리며 알마를 노려보았다.

알마는 금빛 눈동자를 지닌 경찰과 잠시 눈을 마주쳤으나 곧 고개를 돌렸다. 짐승과도 같은 노란 눈빛에 구역질이 날 것 같았기 때문이었다.

한 달이 조금 지날 무렵 알마와 무용수들은 아르파라

알마, 너의 별은

에서 쫓겨났다. 지구를 선택한 건 무용수들의 의지가 아니었다. 우주연방 행성 중에서 안전하다는 지구에 정착할 수 있게 해 달라는 아르파라인 원로들의 청원 덕분이었다. 타르칸 제국인들은 그 정도는 배려해 줄 수 있다는 제스처를 취했다고 들었다. 한 달하고 이틀 뒤 무용수들은 지구로 추방되었다.

알마는 눈을 감았다. 복받치는 울음을 참으려고 어금니를 질끈 깨물었다. 지구인들 앞에서 함부로 눈물을 보여서는 안 됐다. 또한 자신의 선택 앞에서 더 이상 마음이 흔들려서도 안 됐다. 이렇듯 뼈 아픈 감정을 짓누르다 보면 자신이 다 늙은 노인이 된 것만 같았다. 목 놓아 울어 버리기라도 하면 속이 시원할 텐데 그걸 참아 내는 게 때로는 너무나 버거웠다.

6

바이오테크 연구소 최 박사는 모니터 화면을 시오 쪽으로 돌렸다. 화면에 심장 사진이 올라와 있었다. 최근 파욜라 증후군을 앓고 있는 클론의 심장이었다. 최 박사가 중후한 저음의 목소리로 말했다.

"파욜라 증후군 초기 증상이 나타난 심장입니다."

좌심실로 보이는 심장 한쪽에 깨알 같은 점이 여러 개 찍혀 있는 게 보였다. 최 박사는 커서를 옮겨 다른 사진을 보여 줬다.

"이건 중기쯤으로 보이는 상태죠."

시오는 화면을 유심히 살폈다. 조금 전보다 훨씬 더 많은 까만 점들이 심장 전체에 고루 퍼져 있었다. 최 박사가 말했다.

"심장으로 들어가는 혈관이 막혀 생긴 점들입니다. 보통 관상동맥이 막히면 협심증이나 심근경색으로 나타나지만, 그 경우에도 이렇게 까만 점들이 생기지는 않습니다. 늘어난 점들은 시간이 지나면서 서로 뭉치게 되죠."

최 박사 말대로 다음 화면에 나온 사진은 검은 점들이 뭉쳐 있었다. 마치 흙바닥에 군데군데 물웅덩이가 모여 있는 것처럼 보였다.

"이건 말기 사진입니다. 심장이 딱딱하게 굳으면서 완전히 까맣게 변해 버렸어요. 숯덩어리처럼 말입니다."

시오는 한 줌도 되지 않아 보이는 까만 심장을 보며 눈살을 찌푸렸다. 시오가 물었다.

"클론들한테 왜 이런 병이 생긴 겁니까? 사람들에게도 이런 병이 있습니까?"

최 박사가 대답했다.

"다행히 사람들에게 나타난 사례는 없습니다. 아직까지는 클론들에게만 나타난 증상이에요. 그 원인을 아직 찾지 못했습니다만, 배아를 복제할 때 생긴 결함 때문이라는 의견이 있습니다."

"하지만 예전에는 파욜라 증후군을 앓는 클론들은 없지 않았습니까?"

최 박사가 시오를 보며 고개를 끄덕였다.

"그랬죠. 하지만 예전에도 면역체계 결함으로 병을 앓 거나 조기 사망한 클론들은 꽤 있었어요. 말씀대로 파욜 라 증후군은 최근에 생겨난 병입니다. 클론을 대량으로 생산하면서부터 생겨난 병이에요. 공장에서 제품 찍어 내듯 클론을 대량으로 만들어 내다 보니 이상징후가 생 긴 겁니다. 그것밖에는 아직 드러난 사실이 없습니다."

시오는 어이없다는 생각이 들었다. 클론이 식육을 위 해 대량으로 키우는 동물들과 하나 다를 게 없다는 생각 이 들어서였다.

"몇 가지만 더 여쭙겠습니다. 파욜라 증후군이 있는 클 론은 그걸 자각하고 있습니까? 가령, 숨이 차거나 가슴이 뻐근하고 아픈 증상들 말입니다."

"당연히 있죠. 클론 환자들은 다른 심장질환과 비슷한 고통을 호소했을 겁니다."

"인공심장 수술도 가능합니까?"

"가능하죠. 하지만 클론에게 인공수술을 했다는 사례 를 본 적은 한 번도 없었습니다. 아시다시피 클론은 인간 을 대체할 제품이라고 생각하고 있기 때문이에요. 무엇 보다 큰돈이 드는 수술입니다. 그런데 사람들이 뭐 하러 클론에게 그런 수술을 시키겠습니까?"

알마, 너의 별은

시오는 굳은 얼굴로 고개를 끄덕였다.

"저 병에 걸린 클론은 걸어 다니거나 운동을 할 수는 있습니까?"

"까만 점 몇 개가 나타나는 초기에는 자각 증상이 거의 없을 겁니다. 하지만 점들이 뭉쳐 덩어리를 만들 때부터는 자각 증상이 나타나죠. 고통스러울 겁니다."

"그렇다면 심장이 아예 까맣게 변해 버렸을 때는 어떻습니까? 그때도 몸을 움직일 수 있습니까?"

최 박사는 까맣게 변해 버린 심장을 눈여겨보며 말했다.

"느리게 걷는 것 정도는 가능할 겁니다. 하지만 강도 높은 활동은 거의 불가능합니다."

시오가 재빨리 물었다.

"그렇다면 사람을 죽이려고 위협하는 행동을 할 수 없다는 말씀입니까?"

최 박사가 고개를 끄덕이고 나서 말했다.

"외계인한테 살해당한 클론이 파욜라 증후군 말기 환자였다고 했지요? 그 보고서를 저도 읽었습니다만, 제 의견은 불가능하다는 것입니다."

시오가 다시 물었다.

"하지만 사망한 클론은 파욜라 증후군 말기가 확실하다고 했습니다."

최 박사는 여유를 잃지 않은 얼굴로 말했다.

"파욜라 증후군 말기에는 몸을 겨우 움직이는 정도입니다. 위협이나 살해 같은 극단적인 행동은 거의 불가능해요. 다시 말씀드리자면, 예외 상황이라고 할 수 있습니다."

그러고 나서 최 박사는 무언가 생각난 듯 말했다.

"그런데 이번에 사망한 클론의 심장은 좀 특이했습니다."

"특이하다니요?"

"그동안 봤던 파욜라 증후군 말기 환자들의 심장하고 빛깔이 달랐습니다. 검은색에 언뜻언뜻 흰빛을 띠었습니다. 아직 제대로 연구하지 않았지만 일종의 변이가 아닐까, 짐작하고 있습니다."

시오는 머릿속이 얽히는 기분이 들었다. 최 박사의 말은 설득력이 있었으나 결과는 달랐다. 파욜라 증후군 말기 환자였던 클론은 알마를 죽이려고 위협했다. 그렇지 않다면 알마가 클론의 후두부를 내리쳤을 이유가 없었다. 더구나 집으로 침입해 들어왔다고 했으니까.

시오는 최 박사에게 인사하고 나서 연구소를 나왔다. 주차돼 있는 자동차에 오를 때까지 클론의 새까만 심장이 머릿속을 어지럽혔다.

알마, 너의 별은

도심을 향해 차를 몰았다. 초고층 빌딩 숲 사이로 죽 뻗은 8차선 도로가 나오자 좀 더 속력을 냈다. 클론 인권운동가 김진후를 만나기로 했다. 어제 오후, 시오는 김진후에게 전화를 걸었다. 그런데 김진후가 뜻밖의 말을 꺼냈다. 사망한 클론에 대해 해 줄 이야기가 있다는 것이다. 그렇지 않아도 김진후를 통해 클론들에 대해 조사할 생각이었다. 시오는 더욱 속력을 내며 자동차를 몰았다.

클론 인권운동가 사무실은 도시 한가운데 있었다. 초고층 빌딩 4층에 있는 사무실은 내부가 몹시 비좁았다.

"어서 오십시오."

김진후가 자리에서 일어서며 인사를 건넸다. 그러고는 아이보리 빛깔 패브릭 소파를 가리켰다.

"앉으시죠."

시오는 자리에 앉아 김진후를 바라보았다. 일이 많이 바쁜 모양인지 김진후는 마른 몸에 얼굴빛도 좋지 않았다. 얇은 입술과 높고 예리한 콧날이 신경질적으로 보였으나 전체적으로 지적인 인상을 주는 남자였다. 시오가 먼저 말을 꺼냈다.

"사망한 클론에 대해 말씀해 주십시오."

김진후의 얼굴 표정이 어두워졌다. 초조한 낯빛을 하며 이야기를 꺼냈다.

"사실, 사건이 일어나기 며칠 전에 사망한 클론이 이곳 사무실을 찾아왔습니다. 사체 사진을 보고 한눈에 알아봤어요."

시오는 눈을 크게 뜨며 허리를 곧추세우고 앉았다.

"그런 일이 있었군요. 그런데 클론이 무슨 일로 김 선생님을 찾아왔습니까?"

김진후의 얼굴빛은 여전히 좋지 않았다.

"클론은 자기가 사람을 죽일지도 모른다고 말했어요. 그래서 피하고 싶은데 어떻게 하면 좋겠냐고 내게 물었습니다. 처음에 나는 그의 말을 믿지 않았어요. 이런 경우는 처음이라서 말입니다."

"그자의 얼굴빛이 어땠습니까? 혹시 병에 걸린 것 같아 보이지는 않았습니까?"

김진후가 잠시 기억을 더듬고 나서 말했다.

"네. 안색이 매우 좋지 않았습니다. 눈빛이 탁했고 입술 빛깔도 파르스름했습니다. 차를 한 잔 내줬더니 찻잔을 들지 못할 정도로 손을 떨었어요. 한눈에도 정상 같아 보이지 않았습니다."

시오는 바이오테크 연구소 최 박사의 말을 떠올렸다. 이 정도 상태라면 말기 파욜라 증후군 환자가 틀림없다는 생각이 들었다. 그러나 김진후의 다음 말에 시오는 고

알마, 너의 별은

개를 갸웃하고 말았다.

"그래도 걸음걸이에는 아무런 문제가 없었습니다. 제가 엘리베이터 타는 곳까지 배웅했는데 괜찮았어요. 자신이 처한 상황 때문에 정서장애를 앓고 있는 게 아닐까, 하는 생각이 들었습니다."

시오는 눈살을 찌푸리며 잠자코 김진후의 다음 진술을 기다렸다.

"처음엔 나한테 돈을 달라고 찾아온 줄만 알았어요. 이곳을 찾아와 돈을 달라고 하는 클론들이 종종 있거든요. 동정을 유발해서 돈을 뜯어내려는 클론들 말입니다."

"그 돈으로 뭘 하려는 거죠?"

시오의 물음에 김진후가 대답했다.

"팔목에 새겨진 생체인식 번호를 없애려는 클론들이 대부분이었어요. 클론이기 때문에 불리한 게 훨씬 많은 사회니까요."

시오가 의외라는 듯 물었다.

"그런 수술이 있었나요?"

"네, 그런 수술이 있습니다. 다만, 수술해 주는 의사가 거의 없을 뿐이에요. 수술비를 들고 와서 수술을 요구해도 의사들은 수술을 해 주지 않아요. 괜히 수술을 해 줬다가 박영모의 그물에 걸려들까 봐 잔뜩 겁을 먹고 있기 때문이죠."

"클론들을 대량 복제해서 노동력을 착취한다는 그 박영모 말씀이군요?"

"네, 맞습니다. 박영모는 그 세계에서 클론들의 제왕이라 불리고 있어요. 자기가 만들어 낸 클론들에게 일을 시켜서 대가를 받고 있지요. 또 클론에게 청부살인을 시켜 큰돈을 챙긴다고 들었습니다. 하지만 그보다 더 많은 클론들이 그 작자 때문에 죽어 나가고 있습니다. 그자는 여전히 장기매매를 하고 있어요. 악마 같은 놈이지요."

시오가 어금니를 질끈 깨물었다. 김진후는 계속 박영모에 대해 말했다.

"그동안 경찰 쪽에서 몇 번의 소탕 작전이 있었지만 결과는 미미했어요. 그때마다 박영모는 연기처럼 사라지고 말았죠. 얼마나 교활한 놈인지 도대체 모습을 보이지 않아요. 변장술에도 아주 능한 놈이라고 들었습니다."

경관이 되기 전의 일이었으나 시오도 들어 잘 알고 있었다. 김진후가 말했다.

"제가 말씀드리고자 하는 건, 사망한 클론이 자신의 거주지 근처에서 박영모를 봤다고 했습니다. 그곳은 P-14 구역입니다."

"그래요?"

시오가 목소리를 높였다. 자세를 고쳐 앉으며 다시 물었다.

"그곳이라면 클론들이 많이 산다는 데 아닙니까? 근데 박영모가 왜 그곳엘 갔을까요? 그자는 좀처럼 모습을 드러내지 않잖아요?"

"죽은 클론은 분명히 그렇게 말했습니다. 그 구역을 지나가는 박영모를 봤다고요. 그리고 자기한테 청부살인을 시킨 것도 박영모라고 말했어요. 박영모 부하들이 하는 소리를 엿들었대요. 그래서 부탁드리고 싶은 건 경찰 쪽에서 그곳을 샅샅이 조사했으면 합니다. 어쩌면 가장 가까운 곳을 놓치고 있을지도 모르니까요."

시오는 서 국장의 얼굴이 떠올랐으나 잠시 생각한 뒤 말했다.

"네, 잘 알겠습니다. 상부에 보고하도록 하겠습니다. 하지만 그 전에 제가 먼저 P-14구역을 조사해야 할 것 같군요."

"클론들은 파란색 컨테이너에 모여 살고 있습니다. 주변에 공장들이 많이 들어서 있는 곳이에요. 철제 조립공장을 지나면 곧 나올 겁니다. 조심하십시오. 워낙 음습한 곳이라 저도 딱 한 번밖에 가 보지 않았습니다."

"네, 잘 알겠습니다."

시오의 스마트링크에서 신호가 울렸다. 수사실 팀장에게서 빨리 들어오라는 날이 선 문자가 연달아 들어왔다.

"저는 그만 외계인 범죄관리국으로 들어가 봐야 할 것 같습니다. 오늘 말씀 감사합니다."

서둘러 일어서려는 시오를 향해 김진후가 말했다.

"언제 외계 이주민센터장님과 함께 자리를 마련해 보도록 하겠습니다."

"전하린 선생 말씀이시죠? 그런데 무슨 일로…….."

"센터장님께서 외계 이주민센터와 클론 인권 활동을 연합해 보지 않겠느냐고 제안하셨어요. 진작 말씀하셨는데 제가 머뭇거리다 이제 수락했습니다. 센터장님은 이곳에 자주 찾아와 제게 클론 인권 활동에 대해 물었습니다. 조언도 해 주시고요. 인권 활동가 중 그분만큼 열정적인 분을 만난 적이 없어요."

"아, 그렇군요."

시오는 그렇지 않아도 외계 이주민센터를 방문할 생각이었다.

"그럼, 언제 같이 한 번 뵙는 걸로 알고 있겠습니다."

"도움이 필요하시면 언제든지 연락 주십시오."

김진후의 말에 시오는 고개 숙여 인사한 뒤 사무실을 나왔다.

자동차를 몰고 거리를 나올 무렵, 느닷없이 제복 입은 젊은 아빠의 모습이 떠올랐다. 경찰이 된 시오를 기꺼이 격려해 주었을 아빠. 아빠라면 이 문제를 어떻게 풀었을까……. 하지만 머릿속은 아까보다 더 얽혀 풀릴 기미가 보이지 않았다. 그 와중에도 단 한 가지 생각이 떠올랐다. 서둘러 P-14구역을 찾아가야겠다는 생각이었다.

7

　자동차를 외계인 범죄관리국에 주차해 놓고 시오는 그
대로 도로로 나왔다. 모노레일을 이용해 P-14구역을 찾
아갈 생각이었다. 거리를 좀 더 걷자, 스피커 소음과 함께
사람들이 외치는 소리가 들렸다. 수천 명이나 되는 사람
들이 광장을 메운 채 시위를 하고 있었다. 오늘 대대적인
시위가 있을 거라는 보고를 이미 들은 터였다.

　"참, 끈질기게도 떠들어 대는군."

　시오는 투덜대며 커다란 홀로그램 스크린에 눈을 두었
다. 우주연방 지구친선 외교대사가 외계 수장을 향해 걸
어가는 장면이 나왔다. 조금 지나지 않아 외교대사는 자
신이 건넨 청동 칼에 찔려 죽을 것이다. 이 거리를 지나다

니면서 시오는 벌써 몇 번이나 저 장면을 봤다. 처음 봤을 때보다 충격은 덜했지만 여전히 끔찍한 장면이었다.

어제, 지구연합 외계인 관리본부에서 외교대사의 딸을 찾는 데 총력을 기울이라는 지시가 또 내려왔다. 중앙 관리본부는 그 일을 외계인 범죄관리국에 떠넘겼다. 지난번에 서 국장이 괜한 말을 한 게 아니었다. 그 때문에 외계인 범죄관리국 팀장은 안절부절못하고 있었다.

몇 발짝 걸어가던 시오는 문득 불쾌한 기분이 들었다. 시위대들은 30년이 지난 홀로그램을 보여 주며 시민들에게 자신들의 신념을 강요하고 있었다. 그사이, 우주연방에 소속된 행성에서 저런 무자비한 일은 단 한 번도 일어나지 않았다. 행성 여행이 훨씬 더 자유로워졌고, 행성인들의 이주도 예전만큼 까다롭지 않았다. 그런데 외계인을 추방해야 한다니. 시대의 흐름을 역행하는 일이라고 생각했다.

시오는 알마가 떠올랐다. 감금실에 있는 시간이 길어지자 알마는 몹시 초조해했다. 공연에서 마침내 빠지게 될지도 모른다는 생각 때문일 것이다. 그동안 바쁘게 뛰어다니느라 알마를 찾아가지 않았다는 생각이 들었다. 내일은 알마를 직접 보러 가야겠다고 마음먹었다.

모노레일 정거장이 보였다. 발걸음을 재촉하며 군중들

사이를 뚫고 지나갈 때였다. 시오는 우뚝 멈춰 서서 바로 앞에 서 있는 남자를 뚫어지게 보았다. 남자는 카키색 모자를 눌러쓴 채 군중들을 힐긋거렸다. 어깨를 움츠렸으나 한눈에도 꽤 건장한 체격이라는 걸 알 수 있었다. 남자는 시위대 물살을 따라 움직인다기보다 뭔가 살피는 눈치였다. 시오는 모자에 가려 그늘진 남자의 얼굴을 살폈다. 아무리 봐도 남자는 죽은 클론을 닮았다. 클론의 얼굴과 사체 사진이 스마트링크에 저장돼 있었다.

심호흡을 하고 나서 남자 곁으로 바짝 다가섰다. 남자가 시오를 곁눈질하더니 그대로 연단에서 떠드는 사람에게 눈길을 돌렸다.

조금 뒤 시오는 말을 걸 생각으로 남자의 어깨를 툭 쳤다. 그제야 남자가 경계하는 눈빛으로 시오를 훑어보았다. 그러고는 무뚝뚝한 얼굴을 하더니 슬그머니 자리를 벗어났다.

남자는 군중들 사이를 헤치고 재빨리 걸어갔다. 시오는 남자의 뒷모습을 빤히 보며 고개를 갸웃했다. 혹시 죽은 클론에게 DNA를 제공한 사람일까? 아니면 죽은 클론과 쌍둥이일까? 그런 생각이 머리를 스치고 지나갔으나, 역시 자신이 착각하고 있다고 생각했다. 고개를 젓고 나서 서둘러 모노레일 정거장을 향해 걸어갔다.

알마, 너의 별은

모노레일은 날개 달린 용처럼 고층 빌딩 숲 사이를 빠르게 빠져나갔다. 높게 올라가자 도시 저 아래가 까마득하게 내려다보였다. 지하로 다니는 튜브보다 빠르고 안전하다는 이유로 대중들은 모노레일을 많이 이용했다. 시오는 모노레일이 오르고 내릴 때마다 심장을 바짝 조이는 스릴감을 좋아했다. 안전벨트를 착용했지만 모노레일이 상승과 하강을 반복할 때 주는 무중력 상태의 아찔함을 즐겼다. 순식간에 대기권을 뚫고 나가는 우주로켓을 탔을 때의 기분이 그럴지도 모른다는 생각이 들었다.

십여 분 뒤, 시오와 함께 서너 명의 사람들이 P-14구역 정거장에서 내렸다. 시오는 지금부터 긴장을 늦춰서는 안 된다고 마음먹었다.

어둠이 짙은 P-14구역은 비슷한 크기의 낮은 공장들이 들어서 있는 동네였다. 김진후가 알려 준 대로 컨테이너 모습을 한 공장들 사이에 철제 조립공장이 나왔다. 좀 떨어진 곳에서도 쇠를 깎는 기계 소리가 요란했다. 비릿한 쇳가루 냄새가 났다. 조립공장 옆을 지나면 파란색 컨테이너가 나올 거라고 했다. 역시 파란색 컨테이너가 나왔다. 시오는 컨테이너 출입문 앞에 서서 크게 숨을 내쉬었다. 그곳은 클론들의 거주지이자, 은밀히 장기매매가 이루어지는 곳이라고 했다.

컨테이너 안으로 들어가자 늙은 남자가 시오를 빤히 보며 물었다.

"어쩐 일이오?"

조명등 몇 개가 켜져 있을 뿐 널찍한 컨테이너 안은 어둠침침했다. 조명등 아래 앉아 있는 남자는 백발이 성성한 노인이었다. 그러나 움푹 들어간 눈에서 강렬한 빛이 흘렀다. 노인의 따가운 눈빛에 시오는 잠시 주춤거렸다. 조각도로 파 놓은 듯 주름이 깊게 팬 노인의 얼굴을 살피다 그의 손에 눈을 두었다. 양쪽이 모두 기계 손이었다. 실리콘을 덧씌우는 게 번거로웠던지 노인은 은색 크롬을 그대로 드러내고 있었다. 노인은 딱딱 쇠 부딪치는 소리를 내며 컴퓨터 커서를 움직였다. 화면 가득히 상호와 날짜가 떠 있었다. 시오가 은밀한 목소리로 운을 뗐다.

"저…… 이곳에서 클론의 장기를 살 수 있습니까?"

노인이 하던 일을 멈추고 다시금 시오를 빤히 쳐다보았다. 시오는 노인의 눈빛을 피하지 않고 응수했다. 노인이 기계 손으로 다시 커서를 움직이더니 무뚝뚝하게 말했다.

"잘못 찾아왔수다. 여긴 그런 데가 아니오."

시오는 고개를 주억거리며 말했다.

"그러지 마시고 잘 좀 부탁드리겠습니다."

노인은 기가 차다는 듯 말했다.

"내 참! 잘못 찾아왔대도 그러네!"

시오가 되받아쳤다.

"그러지 마시고 좀……. 아는 사람을 통해 저도 다 듣고 왔습니다. 아버지가 췌장을 앓고 있어서 그래요."

흠. 노인은 헛기침을 했다. 그러고는 갑자기 낯빛을 달리하며 물었다.

"근데 당신, 돈 많아? 어리디어려 보이는구만. 클론 장기를 사려면 꽤 큰돈이 들어. 그건 알고 찾아왔소?"

노인은 시오를 자기 손바닥 위에 올려 놓고 장난을 치고 있었다. 시오가 태연한 척 대꾸했다.

"네, 알고 찾아왔습니다."

노인이 허, 짧게 한숨을 내쉬었다. 무뚝뚝한 모습으로 돌아와 목소리를 높였다.

"다시 말하는데 여기는 장기 사고파는 데가 아니야!"

시오는 절박한 표정을 지었다.

"그럼, 소개라도 좀 해 주십시오. 아버지가 많이 위급한 상태라서 그럽니다."

노인이 철제 테이블을 내리쳤다.

"소개라니? 도대체 어디서 뭔 소릴 듣고 온 게야?"

노인이 발끈했다. 하지만 시오는 물러서지 않고 더욱

몰아붙여 볼 생각이었다.

"이곳이 아니라면, 박영모라는 사람이라도 좀 소개시켜 주십시오. 이곳을 자주 왕래한다는 소릴 들었습니다."

노인의 얼굴빛이 검붉어졌다. 백태가 끼어 희끄무레한 눈알을 부라리며 외쳤다.

"이런 망할 것들을 봤나! 터진 입이라고 아무렇게 씨부렁댔구만. 아, 내 구역에 왜 박영모가 드나들어! 내 눈에 띄는 날엔, 그 빌어먹을 놈의 목을 따 버리고 말 테지! 근데 이제 보니 너, 뭐 하는 놈이야!"

시오가 쩔쩔매는 시늉을 하며 말했다.

"그, 그래도 박영모를 봤다는 사람들이 서넛 있는 걸로……."

말이 채 끝나기도 전에 노인이 안쪽을 향해 버럭 소리를 질렀다.

"야야, 너희들 나와서 이놈 좀 쓸어내 버려라! 너희들 장기를 사겠다는 놈이다!"

그제야 시오는 김진후의 정보가 잘못됐다는 사실을 깨달았다. 기계 손을 한 노인은 그저 클론들을 등쳐 먹는 파렴치한일 뿐이었다. 컴퓨터 화면을 얼핏 보니, 클론을 이용해 근처 공장이나 상가 사람들을 상대로 고리를 뜯는 일수쟁이였다.

시오는 바짝 굳은 얼굴로 안쪽을 내다보았다. 세 명의 남자들이 얼굴을 일그러뜨리며 시오 곁으로 다가왔다. 시오는 도망쳐야 한다는 생각이 들었으나 붙박인 듯 서서 클론들을 바라보았다. 세 명의 남자들은 모두 똑같이 생겼다. 곱슬기가 있는 짙은 갈색 머리에 누런 낯빛, 눈두덩이가 불거져 투박한 인상을 주는 얼굴이었다. 같은 배아에서 복제된 클론들이 틀림없었다. 시위 군중들 사이에서 마주쳤던 남자의 얼굴이 퍼뜩 떠올랐다. 잘못 본 게 아니었다. 죽은 클론과 똑같이 생긴 게 맞았다. 혹시나 했는데, 그 남자 역시 죽은 클론과 같은 배아에서 태어난 클론이 분명했다. 세 명의 클론이 시오 곁으로 바짝 다가왔다.

"어어…… 알겠습니다, 알겠어! 나간다고요!"

소굴을 가까스로 벗어나면서도 시오는 무언가 번뜩하고 해결의 실마리가 떠올랐다.

8

체육관 리듬체조실에서 아르파라인 무용수들이 공연 연습을 하고 있었다. 허름할 뿐만 아니라 찬 기운이 감도는 이곳에서도 무용수들의 얼굴에 땀방울이 맺혔다. 윤설은 조금 떨어진 곳에 서서 무용수들의 움직임을 바라보았다. 아침에 눈을 뜨자마자 시오에게 콜 신호가 떴다. 시오는 엄마를 통해 아르파라인 무용수들을 소개해 달라고 말했다. 이유를 묻지 않았으나 윤설은 오전 중에 엄마와 함께 그곳에서 기다리겠노라고 했다.

무용수들은 허공을 높게 뛰어오르는가 하면 발끝을 세운 자세로 통통통 뛰어다녔다. 높은 도약을 하기 위해 온 힘을 다 쏟아붓고 있다고 말했지만, 윤설이 보기에 무용

알마, 너의 별은

수들의 몸놀림은 한없이 가뿐해 보였다. 많은 훈련으로 얻어 낸 멋진 동작일 것이다. 두 시간이나 되는 공연의 안무를 짠 사람은 알마였다. 하지만 얼마 남지 않은 공연에서 알마는 무용수로 참여할 수 없을지도 모른다. 무용수는 하루 이틀만 쉬어도 몸이 굳어 춤추기가 어렵다고 들었다. 하물며 일주일 동안이나 비좁은 방 안에서 꼼짝 못하고 있으니, 춤을 춘다고 해도 어마어마한 양의 노력이 필요할 것이다. 윤설은 잔뜩 풀이 죽어 있을 알마의 얼굴이 떠올랐다. 당당하게 빛나던 눈동자에도 슬픔이 가득 드리워져 있을 것이다. 그런 생각이 들자 윤설은 어깨가 축 내려앉는 기분이 들었다.

어느새 시오가 헐레벌떡 숨을 몰아쉬며 리듬체조실로 들어왔다. 그사이 시오의 얼굴은 반쪽이 된 듯 보였다. 알마를 위해 얼마나 뛰어다니고 있는지 짐작되었다.

"엄마 어디 계셔?"

시오가 윤설의 엄마를 찾았다.

"엄마는 무용수들하고 인사만 하고 금세 시내로 가셨어. 다른 일이 있으시대."

"그렇구나."

"근데 무슨 일로 여길 오자고 한 거냐?"

시오가 머뭇대며 말했다.

"아르파라 무용수들한테 물어볼 게 있어. 소미르를 만날 수 있을까? 알마 친구 말이야."

"잠깐만. 소미르한테 이야기해 볼게."

조금 뒤 윤설이 키가 크고 깡마른 무용수를 시오에게 소개했다. 소미르였다. 알마에게 종종 이야기를 들었으나 얼굴을 보는 건 처음이었다. 아르파라 행성에서 소미르는 알마와 어디든 붙어 다니는 단짝이었다고 했다. 그러나 알마와 달리 지구에 온 뒤 소미르는 춤에만 몰두했다. 학생이 아니라 직업 무용수로만 활동했던 것이다. 낯선 행성에서 온 외계인 특유의 분위기랄까. 소미르에게도 알마와 비슷한 분위기가 풍겼다. 보랏빛 눈동자에 밴 쓸쓸함이었다.

시오는 바이오테크 연구소 최 박사의 말 때문에 사건을 여러 각도에서 조사해야 할 것 같다는 생각을 했다. 최 박사는 파욜라 증후군 말기 환자들은 몸을 움직일 수 없다고 말했다. 더구나 남을 살해하려고 위협하는 행동은 불가능하다고.

'그렇다면 죽은 클론과 똑같이 생긴 클론이 알마를 위협했다는 말인가?'

시오는 시위 군중들 사이에서 본 남자를 보고 의아해했다. 하지만 P-14구역에서 맞닥뜨린 세 명의 쌍둥이 클

알마, 너의 별은

론을 보고 나서 그 가능성을 믿었다. 알마를 위협한 클론은 또 다른 클론일지도 모른다고. 소미르를 만나야 한다는 생각이 떠오른 건 알마에 대해 물어볼 게 있어서였다. 아무래도 죽은 클론의 사인이 모호했기 때문이다.

"알마는…… 언제 나오나요?"

소미르는 알마보다 좀 더 어눌하게 말했다. 그동안 알마와 소통할 때는 전혀 불편함을 느끼지 못했는데, 아마도 외계인마다 개인차가 있었던 모양이었다. 시오가 말했다.

"조금만 더 기다리면 나올 것 같습니다."

소미르가 어깨를 올렸다 내리며 짧게 한숨을 내쉬었다.

"궁금한 게 있어서 이렇게 찾아왔습니다."

소미르는 시오의 눈을 바라보며 고개를 끄덕였다. 눈동자가 조금 전보다 더 짙은 보랏빛을 띠었다. 때문에 더욱 우울해 보였다. 감금실에 갇힌 알마를 떠올리고 있는 것 같았다. 시오가 조심스레 말을 꺼냈다.

"아르파라인들은 초능력을 가지고 있습니까? 만약에 초능력이 있다면, 어떤 능력입니까?"

소미르가 눈을 동그랗게 뜨며 두 손을 내저었다.

"아뇨. 우리들한텐 초능력이 없어요! 우리 아르파라인들은 원래부터 초능력을 가지고 있지 않아요!"

"아, 그렇군요. 내가 어디서 잘못된 정보를 듣고 왔나 봅니다.”

시오가 에둘러 말하자, 소미르는 그제야 평정심을 찾은 눈으로 시오를 바라보았다.

“갑자기 그렇게 물어서 깜짝 놀랐어요.”

시오가 입으로만 슬며시 웃었다. 소미르는 침울한 얼굴을 하더니 무겁게 입을 열었다.

“만약에 아르파라인들한테 초능력이 있다면, 타르칸인들한테 그토록 무참하게 당하지 않았을 거예요.”

어느덧 소미르의 눈망울에 눈물이 맺히더니 이내 볼을 타고 흘러내렸다. 소미르가 울먹이며 말했다.

“울면 안 되는데……. 알마한테 야단맞아요. 알마는 늘 우리한테 말했어요. 울지 마! 우린 더 강해져야 해! 하지만 난 알아요. 알마도 울음을 꾹 참고 있다는 걸요.”

소미르의 침울한 모습에도 시오는 마음이 놓였다. 알마를 비롯한 아르파라인들에게 태생적으로 초능력이 없다는 사실을 알아내서였다. 그 사실에 시오는 깊은 안도의 숨을 내쉬었다. 시오가 확인하고 싶은 건 바로 그것이었다. 알마에게 초능력이 없다고 확신했으나, 클론의 사인이 명쾌하게 해결되지 않아서였다.

고맙다는 인사를 할 참인데, 소미르가 눈가를 손등으로 닦고 나서 말했다.

알마, 너의 별은

"하긴 우리한테 초능력이 있다고 해도 타르칸인들을 막아 낼 수 없었을 거예요. 타르칸인들은 그 어떤 공격도 방어할 수 있는 장치를 몸에 장착했다고 들었어요. 상상도 할 수 없을 만큼 뛰어난 과학기술 덕분이지요."

"그렇군요."

"그들은 뛰어난 과학기술을 이용해서 끊임없이 제국의 영토를 넓혔어요. 아주 무서운 외계 종족이에요."

알마에게 이미 들은 이야기였다. 알마만큼이나 소미르도 타르칸 제국을 증오했다. 그들 때문에 지구라는 머나먼 행성에서 이방인으로 지내고 있으니, 그 마음을 시오는 짐작하고도 남았다.

소미르를 만나고 나서 시오는 외계인 범죄관리국으로 들어왔다. 팀장에게 그동안의 일을 보고할까, 잠시 고민하다가 곧장 지구연합 외계인 관리본부로 향했다. 서 국장의 귀에 들어가 봤자 일에 차질만 생길 게 뻔하기 때문이었다. 자료실로 들어와 2년 전 입성한 아르파라인들 목록을 살피고 난 뒤 감금실을 향해 걸어갔다.

인식 카드로 감금실 문을 열고 들어가자 알마가 멍한 눈으로 시오를 바라보았다. 시오는 알마 곁으로 가까이 다가가 등받이가 없는 낮은 의자에 앉았다. 말없이 알마의 눈을 마주 보았다. 보랏빛 눈동자에 수심이 가득했다.

알마의 눈동자를 바라보며 시오는 생각에 잠겼다. 그 많은 행성 중에 알마는 왜 하필 지구라는 별에 왔을까…….
타 행성인들에게 좀 더 관대한 별로 이주했다면 더 좋았을 것을…….

조금 뒤 시오가 입을 열었다.

"알마, 괜찮니?"

알마는 천천히 고개를 끄덕였다. 하지만 괜찮을 리가 없다는 사실을 그 아이의 눈빛으로 알 수 있었다.

"조금만 더 기다려 줘. 클론에 대해 계속 조사하는 중이니까 곧 피해자를 사주한 사람을 잡을 수 있을 것 같아."

알마가 메마른 눈동자를 빛내며 간절하게 말했다.

"시오, 무슨 일이 있어도 난 이번 공연을 꼭 해야 돼. 이번 공연은 내 고향 아르파라 행성에 대한 이야기야. 부탁이야, 춤을 출 수 있게 해 줘."

알마는 정말이지 지푸라기라도 잡고 싶은 심정이었다. 시오는 가슴이 울컥했다. 하지만 알마 앞에서 자신 없는 모습을 보일 수 없었다. 지금 그 누구보다도 알마는 자신에게 의지하고 있었다.

"공연, 반드시 할 수 있게 만들어 줄게. 조금만 더 기다려 줘."

시오의 말에 알마가 맥없이 고개를 끄덕였다. 감금실

알마, 너의 별은

에서 지내는 시간이 길어질수록 알마는 의기소침해졌다. 시오는 문득 소미르의 말이 떠올랐다. 아르파라에서는 무척 활달하고 호기심 많은 아이였다는 알마. 그러나 시오에게는 도무지 그런 알마의 모습이 떠오르지 않았다. 지구에서 알마는 양어깨에 무거운 짐을 진 채 어쩔 줄 몰라 하는 소녀일 뿐이었다.

시오가 자세를 고쳐 앉으며 물었다.

"알마, 그때 상황에 대해 좀 더 기억나는 게 없니?"

알마의 눈빛이 불안하게 흔들렸다.

"아니, 너무 긴장하지 말고 천천히 기억을 더듬어 봐."

말하고 나서 시오는 스마트링크에서 사진을 찾아 알마에게 보여 줬다. 사망한 클론의 얼굴이었다. 다시 봐도 시위대들 속에서 마주친 남자의 얼굴과 닮았다.

"그때 널 위협한 남자가 이 사람이 틀림없지?"

"으응."

"그때 상황에 대해 좀 더 이야기해 줄래? 힘들겠지만 중요해서 그래."

알마가 겁에 질린 얼굴로 대답했다.

"그 남자가 내 목을 움켜잡았어. 남자는 힘이 셌어. 두 손으로 내 목을 움켜잡으면서 치켜올렸는데, 숨을 쉴 수가 없었어. 식탁에 꽃병이 놓여 있는 게 보였어. 손을 뻗어 꽃병을 집어 들고 남자의 뒷목을 내리쳤어."

시오가 물었다.

"틀림없이 그 남자가 네 목을 움켜잡고 치켜올렸단 말이지?"

"으응……."

알마의 대답에 시오가 눈빛을 빛내며 말했다.

"그래, 이제야 그림이 선명하게 그려지는 것 같아. 너를 죽이려고 했던 클론은 다른 사람이 맞아. 죽은 클론과 똑같이 생겼지만 달라. 건강하고 힘센 클론이었어. 그러니까 누군가의 사주를 받았다는 사실이 좀 더 명확해졌어. 널 위험에 빠뜨리려고 누군가가 두 명의 클론을 이용한 거야."

알마가 고개를 갸웃했다.

"무슨…… 소리야?"

사건 이후 시오는 처음으로 시원하게 웃을 수 있었다. 미소를 지으며 알마에게 말했다.

"지금은 몰라도 괜찮아. 사주한 자를 잡고 나면 내가 다 설명해 줄게. 아니, 그땐 세상에 알려야겠지. 그러니까 조금만 더 기다려 줘. 지금처럼 정신 똑바로 차리고."

알마가 고개를 끄덕였다. 오랜만에 밝게 빛나는 보랏빛 눈동자를 바라보며 시오는 마음을 놓았다.

　　　　　　　　알마, 너의 별은

9

"홍아라의 행방을 찾아와! 지금은 외계인 살인사건 수사보다 그게 더 시급해. 홍아라를 찾아내라는 항의 전화 때문에 업무가 마비될 지경이야."

서 국장이 시오를 뚫어지게 보며 다그쳤다. 시오는 입술을 일자로 다문 채 눈을 내리떴다. 방금 전 국장실을 찾아와 박영모를 체포할 수 있도록 수사력을 모아 달라고 부탁했다. 그 말에 서 국장은 홍아라를 찾아오라며 발갛게 달아오른 얼굴로 목소리를 높였다.

"강시오 경관, 내가 뭐라고 했나? 이 사건에서 자네는 빠지라고 하지 않았나? 근데 뭐 박영모를 체포하게 수사력을 모아 달라고? 도대체 혼자 어디까지 조사하고 다닌 거야!"

그러고 나서도 서 국장은 화를 참지 못해 눈빛을 이글거렸다. 시오는 아랫입술을 깨물었다. 잠시 침묵한 뒤 그간의 수사 과정을 풀어놓았다.

"제 추측입니다만, 피해자 클론은 바꿔치기된 것 같습니다. 생명과학자를 만난 결과, 파욜라 증후군 말기 클론은 사람을 위협할 만한 행동을 할 수 없다고 했습니다. 또한 클론 거주지를 찾아갔더니 똑같이 생긴 세 명의 클론이 있었습니다. 그러니까 알마 사건에 개입한 클론은 두 명이라고 할 수 있습니다. 알마가 살해했다고 말하는 클론은 파욜라 증후군으로 이미 죽은 상태였다고 밝혀졌습니다. 그러니까 알마의 목을 움켜잡으며 위협한 클론은 같은 배아에서 태어난 또 다른 클론이라고 확신합니다."

서 국장이 시오의 말을 잘랐다.

"자네 말은 클론을 사주한 자가 두 명의 클론을 대기시켜 놓고, 건강한 클론이 알마를 위협하게 한 다음 알마가 기절하자, 이미 한 시간 전에 파욜라 증후군으로 죽은 클론으로 바꿔치기해 놨단 말인가?"

시오가 확신에 차서 대답했다.

"넵!"

서 국장이 한심하다는 듯 물었다.

알마, 너의 별은

"그 이유가 뭔가?"

"외계인 알마에게 살인 혐의를 덮어씌우려고 한 것 같습니다. 외계인에 대한 평판을 깔아뭉개려는 시위대들처럼 말입니다."

"근데 자네, 증거를 가지고 하는 소린가?"

"증거는, 아직까지는 찾지 못했습니다."

서 국장이 신경질적으로 테이블에 손톱을 톡톡거렸다.

"그럼, 박영모를 왜 잡아들이자는 건데?"

"클론을 사주한 자를 잡으려면 박영모를 반드시 체포해야 합니다. 박영모의 증언을 통해 사주한 자를 잡을 수 있을 것 같습니다."

"이런!"

서 국장이 버럭 소리를 질렀다.

"강시오 경관!"

"넵!"

"자네, 지금 경찰에 발을 들인 지 만 1년쯤 되지 않았나?"

"넵! 그렇습니다!"

"그러면 수사 규칙에 대해 파악할 만도 한데 왜 그리 깜깜해? 이렇게 둔해서야 원!"

"무슨 말씀이신지요?"

서 국장이 어이없다는 듯 한숨을 내쉬었다.

"자네 생각이 틀려먹었다는 소리야. 박영모 그놈이 잡
히기만 하면 술술 불 것 같은가? 어림도 없는 소리지! 몰
래 수사를 하려거든 제대로 했어야지. 그러니까 증거를
찾아와. 박영모가 어떻게 클론을 사주한 자와 내통했는
지 말이야. 자네가 지금까지 조사한 건 모두 실체가 없어.
논리적으로는 그럴 듯하지. 하지만 손으로 만져지는 물
증이 하나도 없으니 써먹을 데가 없어. 클론을 사주한 자
를 잡으려면, 그자가 박영모와 내통한 증거를 찾아와야
돼! 내 말 알아들었나?"

"넵!"

시오는 잔뜩 긴장한 얼굴로 대답했다.

서 국장이 잠시 허공을 바라보다 다시 시오에게 눈을
돌렸다.

"허튼짓하지 말라고 그렇게 일렀건만……. 자네……
아빠가 왜 돌아가셨는지 잘 알고 있지?"

시오는 눈을 내리뜨며 알고 있다고, 작은 목소리를 냈
다. 서 국장이 씁쓸한 얼굴로 말했다.

"그 사건에 공개되지 않은 비밀이 있어."

시오는 눈을 크게 떴다.

"마약범들을 소탕하다 그들의 총에 맞아 돌아가신 걸

알마, 너의 별은

로 알고 있습니다."

"그건 맞아. 근데 그보다 더 큰 사건이 엮여 있었어."

서 국장이 또다시 허공에 눈을 두었다.

"마약범들은 활동 범위를 넓혀 외계인들과 접촉했어."

"외계인이라고요?"

뜻밖의 소리에 시오는 몸이 바짝 굳어 버렸다. 서 국장이 고개를 끄덕였다.

"마약상들이 파는 마약은 지구에 없는 물건이었어. 미나바르 행성에서 자라는 식물에서 원료를 채취했지. 암브로시안이라고 불리는 쌍떡잎식물이라고 들었어."

서 국장이 이어 말했다.

"그 사실을 찾아낸 경찰이 네 아빠였어. 사건을 파헤치려고 밤낮없이 뛰어다니더니 결국 찾아냈지. 네 아빠한테는 증거가 있었어. 암브로시안이 지구에 존재하지 않는 식물이고, 미나바르 행성인들을 통해 몰래 들어오고 있다는 증거 말이야. 우주정거장에서 미나바르인들과 접촉하는 지구인 마약상들을 찾았어. 그 증거를 우리한테 보냈으나 발악하는 마약상들과 싸우다 그렇게 되고 말았네."

서 국장이 말없이 시오를 바라보았다. 시오는 서 국장의 뜨거운 시선을 피하지 않았다.

"경찰한테 증거를 찾는 일은 중요하네. 증거가 없으면 뻔한 범죄 사실에도 손가락 하나 건드릴 수 없어."

"네, 알겠습니다."

서 국장이 말했다.

"마약상들이 외계 행성인들과 접촉했다는 사실을 정부에서는 공표하지 않기로 했네. 그때가 막 미나바르 행성이 광물 채집을 허락한 시기와 맞물려 있었거든. 지구인들에게 광물을 채집하게 허락하는 대신 암브로시안 거래를 덮어 두기로 합의했네. 하지만 지금 생각해 보면 정부 쪽에서 실수한 거야. 외계인들과 암거래가 점점 늘어나고 있는 실정이니까."

이야기를 끝내고 나서 서 국장이 시오를 지그시 바라보았다.

"외계인들이 많아질수록 앞으로 범죄가 늘어나는 건 분명해. 인구가 많은 곳에 범죄가 늘어나기 마련이니까. 그동안 지구에 없었던 희한한 범죄들이 생길 거야. 시위대들이 시위를 하는 것에도 타당한 이유가 있어. 하지만 이런 식으로 가면, 외계인과 지구인 사이에는 점점 더 깊은 골이 파이겠지. 자네, 그래도 그 외계인을 구제할 마음에 변함이 없는가? 계속 이 사건을 혼자 파헤치고 다닐 거냐고?"

알마, 너의 별은

시오는 대답을 하지 못했다. 아빠의 죽음은 결국 외계인과도 관련된 일이었다. 그 사실이 계속 머릿속을 얼얼하게 만들었다. 그러나 알마에 대한 시오의 생각은 조금도 달라지지 않았다.

"네. 제 생각은 변하지 않았습니다. 왜냐하면 그건 알마가 한 짓이 아니기 때문입니다. 알마는 그동안 지구에서 선량하게 살았던 외계인입니다."

서 국장이 어이없다는 표정을 짓다가 말했다.

"자네 뜻이 그렇다면 이제 말리지 않겠네. 하지만 수사력을 동원해 달라는 제안을 할 땐 반드시 증거를 가지고 오도록 해!"

"넵! 알겠습니다!"

시오는 국장실을 나왔다. 몇 발짝 걸어가는데 또다시 아빠의 얼굴이 떠올랐다. 아빠는 언제나 사건에 골몰해 있었다. 사건이 풀리지 않을 때면 잠을 이루지 못할 정도였다. 새벽녘 거실에 멍하니 앉아 있는 아빠의 모습을 종종 본 적이 있었다. 그때도 풀리지 않는 사건 생각을 하고 있었던 것이다. 아빠는 마약범들과의 총격전에서 사망한 것으로 세상에 알려졌다. 그 배후에 외계인이 있었다는 사실을 시오는 상상도 하지 못했다. 서 국장은 그래도 알마에 대한 마음에 변함이 없느냐고 물었다. 시오는 선뜻

대답을 하지 못했다. 아빠의 죽음에 대한 드러나지 않은
진실이 너무 충격적이었기 때문이다.

알마, 너의 별은

10

"올리아스 행성은 수많은 협곡으로 이루어졌어. 지구에서 500광년 떨어진 행성이야. 그리고 지구와 비슷한 대기를 가지고 있어. 적당한 태양 빛과 물, 에너지원이 있어서 94억 년 동안 생명체가 살았지. 지구 나이보다 50억 년은 더 먹었다고 보면 될 거야."

윤설은 강의를 들으며 홀로그램 스크린에 뜬 사진을 바라보았다. 좁고 구불구불한 산맥들이 한눈에 들어왔다. 올리아스 행성은 지구 어느 지역에 있는 협곡과 비슷했다. 중등과정 첫 방학 때 다녀온 그랜드캐니언 같았다. 선생님이 계속 행성 수업을 진행했다.

"최근에 올리아스 행성이 우주연방에 가입했어. 지구인

들을 비롯해 다른 행성인들이 올리아스를 여행할 수 있게 됐지. 올리아스인들은 다른 외계인들보다 생김새가 좀 더 독특해. 구릿빛 피부에 턱이 크고 단단하지."

홀로그램 스크린에 뜬 올리아스인들은 정말로 지구인들과 많이 달랐다. 이족보행을 하지 않는다면, 흡사 거대한 도마뱀처럼 보였다. 윤설은 올리아스인들이 도무지 지적생명체라는 사실이 믿기지 않았다. 하지만 선생님은 그렇지 않다고 말했다.

"저렇게 생겼다고 해서 지적 능력이 떨어지지 않아. 올리아스인들의 과학기술은 지구인들을 훨씬 능가해. 생김새만 보고 우둔하다고 생각하면 큰코다친다는 말씀이야. 우주연방에 가입한 행성인들은 지구인과 대등하거나 더 뛰어난 지적 능력을 지니고 있어. 자, 이제부터 궁금한 게 있으면 질문해 봐."

말이 떨어지기 무섭게 한나라가 손을 들었다.

"올리아스인들도 초능력을 가지고 있어요?"

선생님이 빙긋 웃으며 말했다.

"나라는 초능력이 제일 궁금한 모양이구나. 하지만 올리아스인들에게는 초능력이 없어. 대신에 시각과 후각이 아주 발달해 있지. 원시시대부터 협곡에서 살아남으려면 시각과 후각이 발달해야 했을 테고, 그런 특징이 집단적인

알마, 너의 별은

유전인자로 남아 있는지도 몰라. 초능력이라기보다 그들의 유전적인 특징이라고 할 수 있지."

나라가 비아냥거렸다.

"흠. 그럼 지적생명체라기보다 쥐새끼 같은데요?"

반 아이들이 웃음을 터트렸다. 그러나 선생님은 정색하며 말했다.

"아까도 말했듯이 저들의 지적 능력은 아주 뛰어나. 사람이 살 수 있도록 다른 행성의 천체 환경을 바꾸는 기술을 가지고 있으니까. 우리 지구인들도 수없이 시도했지만 아직 성공한 적은 한 번도 없었어."

다른 학생이 손을 들며 물었다.

"왜 그런 짓을 해요? 자기네 행성에서 살아도 되잖아요?"

선생님이 잠시 생각하더니 대답했다.

"자신들의 행성이 점점 수명을 다하고 있다는 사실을 파악하고 있기 때문이야. 모든 행성은 영원히 존재하지 않아. 우주에 있는 수많은 행성들이 수명을 다해 폭발하는 사건들이 종종 발생하고 있어. 게다가 기후 변화와 환경 문제로 더 이상 생명체가 살 수 없는 행성들도 많아. 우리 지구도 그런 위기를 몇 번이나 넘겼다고 기록돼 있잖아."

조금 뒤 다른 아이가 손을 들었다. 행성 여행을 준비하고 있는 아초였다. 윤설은 지난번에 아초에게 외계 이주민 센터장실에서 본 사진들에 대해 이야기를 들려준 적이 있었다. 행성 사진들이 두고두고 가슴을 설레게 했기 때문이다. 이야기를 다 듣고 난 뒤 아초는 자기도 행성으로 떠날 거라고 말했다.

"내년에 행성 여행을 준비 중인데, 가장 안전한 곳이 어딘지 추천해 주세요."

아이들이 부러움이 가득한 눈으로 아초를 바라보았다. 선생님이 말했다.

"여행이 가능한 행성은 지금까지 아흔네 곳이야. 이 행성들은 우주연방에서 여행을 허락했어. 모두 안전한 곳이니까 어느 곳이든 다녀와도 괜찮을 거야. 다만 웜홀을 통과할 때 중력을 견디는 훈련을 제대로 하기만 한다면 말이지."

갑자기 나라가 끼어들었다.

"하지만 발크란은 아직도 곤란하겠죠?"

아이들이 낄낄거렸고 선생님은 펄쩍 뛰며 말했다.

"발크란은 절대 안 돼! 그곳은 30년 전에 여행이 금지됐어. 혹시라도 다른 행성을 경유해서 가는 것도 절대로 안 돼! 그 이유를 너희들도 모두 알고 있겠지?"

"네."

알마, 너의 별은

아이들이 대답했다. 한쪽에서 또다시 큭큭거리는 소리가 들렸다. 그쪽을 바라보며 선생님이 언짢은 얼굴로 물었다.

"거기, 왜 웃지?"

그러자 한 아이가 말했다.

"나라는 그냥 물어본 거예요. 발크란 행성을 똥밭이라고 부르거든요. 무서운 게 아니라 더러워서 피한다고요."

선생님은 여전히 언짢은 낯빛을 했다.

"어쨌든 그곳 여행은 꿈도 꾸지 마. 너무 위험하니까."

그때 다른 아이가 손을 들고 질문을 던졌다.

"달이 두 개 뜨는 행성이 있다고 들었는데, 그곳이 어딘지 궁금해요."

아이의 질문에 선생님은 잠시 당황한 낯빛이 되었다.

"달이 두 개 뜨는 행성이라면……."

선생님은 말을 하려다 아이에게 질문을 던졌다.

"그게 왜 궁금하니?"

"아는 분이 달이 두 개 뜨는 행성을 다녀왔다고 들었거든요."

선생님은 딱딱하게 굳은 얼굴로 말했다.

"우주에는 몇억 개의 행성이 존재해. 지구처럼 태양계를 지닌 행성들도 몇천 개나 되지. 그 많은 행성 중에 달이 두 개 뜨는 행성은 셀 수 없이 많을 거야. 이미 드러난 행성도 백여 곳이 넘으니까. 하지만 그중에 여행이 가능한 행성은 다섯 군데뿐이야. 나머지는 생명체가 살 수 없는 곳이기 때문이지."

아이가 물었다.

"그 다섯 군데 행성은 어떤 곳인가요?"

선생님은 잠시 생각하고 나서 말했다.

"슈페우로스, 올가, 르미로, 모슈르…… 그리고 조금 전에 얘기했던 발크란 행성이야."

또다시 발크란 행성 이야기가 나오자, 여기저기에서 아이들이 속닥거렸다. 몇몇 아이들은 한쪽 얼굴을 일그러뜨리며 기괴한 소리를 냈다. 모습을 감춘 외교대사의 딸을 흉내 내는 것이다. 윤설은 인정머리라고는 눈곱만큼도 없는 아이들이라는 생각을 했다. 뇌가 없거나 아니면 심장이 얼음처럼 차가운 아이들이었다.

어수선한 가운데 선생님이 걱정스러운 눈빛으로 말했다.

"지금부터 내가 하는 말 잘 들어. 요즘 행성 여행을 다녀왔다고 거짓말하고 다니는 사람들이 늘고 있어. 지구 물건을 다른 행성에서 가져온 물건이라고 속이면서 엄청나게 비싼 가격으로 판다고 들었어. 외계인과 관련된 범죄들이 늘어나고 있는 세상이야. 문제는 외계인뿐만 아니라,

알마, 너의 별은

그들을 이용하려는 지구인들 때문이기도 하지. 아무쪼록 사기꾼들의 말 때문에 너희들이 피해 보는 일이 없길 바란다."

발크란 이야기가 나올 때부터 윤설은 심장이 요란하게 뛰었다. 외계 이주민센터에서 본 시위대들의 영상이 생생하게 떠오른 탓이었다.

II

알마가 곧 정당방위로 풀려난다. 그 소식을 듣고 나서 시오는 허탈한 눈으로 잠시 허공을 바라보았다. 마침내 국가기관 변호사가 선임되면서 일이 빠르게 처리되는 중이었다. 외계인 범죄관리국에서는 환영하는 눈치였지만, 시오는 그 사실이 조금도 만족스럽지 않았다. 그러기는커녕 클론을 사주한 자를 찾지 못해 속이 쓰릴 지경이었다. 박영모를 체포한다면, 그에게 돈을 주고 클론을 사주한 자를 찾을 수 있었다. 그런데 도대체 박영모를 찾을 길이 없었다.

이대로 풀려난다면 알마에게 불리한 일이 일어날 게 뻔했다. 일상으로 복귀하는 데 걸림돌이 하나둘 생겨날 것이

알마, 너의 별은

다. 정당방위라는 정황에도 사람들은 여전히 알마를 살인마 취급했다. 외계인을 향한 좋지 않은 평판 때문이었다. 때문에 알마는 학교로 돌아가기 힘들지도 모른다. 윤설의 말에 의하면, 반 아이들은 거의 모두 알마가 돌아오길 바라지 않는다고 했다. 알마가 학교로 돌아온다면 시위를 할지도 모른다고. 때문에 클론을 사주한 자를 꼭 체포해야만 했다. 그렇게 되면 외계인들에 대한 평판이 180도로 달라질 것이다.

시오는 다시 컴퓨터 화면으로 눈길을 돌렸다. 찾고 있던 클론 파일에 잠시 눈을 둔 뒤 그대로 컴퓨터를 껐다. 진절머리 날 정도로 조사했으나 사망한 클론을 사주한 자를 찾을 수 없었다. 박영모를 찾지 못하니 당연한 일이었다. 서 국장 말대로 햇병아리 경관인 자신이 이 사건에 뛰어드는 건 당치 않는 일인지도 몰랐다.

'그렇다면 이 정도에서 사건을 마무리 지어야 하나? 어쨌든 알마는 감금실에서 나올 테니까.'

그런 생각이 들자, 시오는 명치 끝이 아렸다. 무슨 일이 있어도 클론을 사주한 자를 꼭 체포하고 싶었다. 지구에 정착한 선량한 외계인들을 위해서였다. 그들 중 그 누구보다도 알마를 위해서였다.

시오는 자리에서 일어섰다. 지구연합 외계인 관리본부

자료실로 갈 생각이었다.

"발크란 행성 여행자 명단을 찾아야 한단 말이지. 망할……."

터져 나오려는 욕을 가까스로 삼키며 지구연합 외계인 관리본부가 있는 엘리베이터를 향해 걸어갔다.

인식 카드를 대자 행성 관련 자료를 보관해 놓은 컴퓨터실이 나왔다. 시오는 키워드에 '발크란 행성 여행자 명단'이라고 썼다. 조금 지나지 않아 화면에 날짜와 이름이 떴다. 2255년 3월 19일. 그 아래 일곱 명의 이름이 차례로 떴다. 발크란 여행자들의 이름이었다. 일곱 명의 이름 가운데 '홍희철'과 '홍아라'라는 이름을 눈여겨보았다. 홍희철은 우주연방 지구친선 외교대사였다. 그 옆의 홍아라는 행방이 묘연한 그의 딸이었다. 부녀의 이름을 발견하자 기분이 씁쓸했다. 몇 번이나 반복해서 본 홀로그램 영상 탓이었다.

"모두 일곱 명. 이 사람들을 한 명 한 명 만나야 한단 말이군."

시오는 발크란 행성 여행자 명단을 재빨리 스마트링크에 저장했다. 그 당시 발크란 행성을 함께 여행한 사람들을 찾으면, 홍아라의 행방에 대해 알아낼 수 있을지도 몰랐다. 사실 그들을 찾는 건 그리 어려운 일이 아니었다. 지구연합 외계인 관리본부는 행성 여행자들에 대한 정보를

알마, 너의 별은

보관하는 곳이었다. 문득 홀로그램 속에서 울부짖는 여자 아이의 얼굴이 떠올랐다. 처절한 울음소리가 떠오르자 마음이 더욱 무거웠다. 비로소 외교대사의 딸 홍아라의 행방이 궁금해졌다. 눈앞에서 아빠의 죽음을 목격한 열 살 딸이라니. 그 경험은 얼마나 고통스러울까⋯⋯. 시오는 시위대들이 쳐 놓은 그물에 걸린 듯한 기분이 들었다. 그들이 홀로그램을 통해 노린 건 외교대사 부녀에 대한 동정과 외계인에 대한 적의였으니까.

중심을 잡아야 한다고 생각하며 다시 행성 여행자들의 명단을 살폈다. 홍아라의 이름을 내려다보는데 자신을 다그치던 서 국장의 얼굴이 떠올랐다.

'빨리 홍아라를 찾아내라고!'

그렇게 다그치지 않아도 조만간 홍아라에 대해 조사하려고 했다. 어쨌든 알마가 곧 풀려날 테니까. 시오는 내일부터 발크란 행성 여행자들을 만나야겠다고 마음먹었다.

I2

"홍아라? 아라 말이지? 당연히 잘 기억하고 있지. 같이 발크란 행성을 다녀온 여자아이였는걸."

시오가 네 번째로 만난 발크란 여행자는 아흔이 다 된 노인이었다. 우주연방 친선외교 사절단 민간인 신분이었다고 했는데, 그 당시에도 최고령이었다. 발크란으로 떠나기 전에 노인은 중소기업의 CEO였다고 말했다. 전자부품을 만드는 회사였다. 직원이 500명이나 됐고 대통령 표창장을 받을 정도로 잘나가는 회사였다고 했다. 하지만 지구로 돌아온 뒤 아들 내외에게 사업을 물려주고 자신은 소일거리로 농사를 지으며 지냈다고 했다. 노인은 긴 세월의 여정을 담담히 회상했다.

알마, 너의 별은

시오가 물었다.

"홍아라에 대해 좀 더 들려주세요. 기억나는 게 있으면 뭐든 다 좋습니다."

노인이 말했다.

"그때 일은 지금까지도 아주 생생해. 아라는 총기가 있었어. 어린 녀석이 어찌나 말을 잘하고 야무지던지, 우주선을 타고 가는 중에 귀여움을 독차지했어. 발크란 도착 지점을 하루인가 남겨 놓고 내가 물어봤어. 외계 행성으로 여행하는 게 무섭지 않느냐고. 그랬더니 그 아이가 그러는 거야. 자기는 하나도 무섭지 않다고. 그러면서 '할아버지는 무서워요?' 날 빤히 쳐다보면서 묻더라니까. 솔직히 말하면, 난 좀 무서웠어. 행성 여행이 처음이었거든. 뭐 처음이자 마지막이었지만. 더구나 발크란은 그때 우리가 처음으로 가는 행성 여행지였어. 그러니 안 무서웠겠어? 누구도 가 보지 않은 땅이니까 말이야."

"그래서 무섭다고 솔직히 고백했습니까?"

노인이 손을 흔들었다.

"에이, 그렇게는 말 못 하지. 내가 아라보다 반백 년 넘게 살았는데 그러면 쓰겠어. 할아버지도 하나도 안 무섭다고 말했다니까. 그러니까 그 작은 아이가 씩 웃는 거야. 장난기가 가득한 눈을 하고서, '거짓말!'이라고 말했어.

같이 있던 사람들이 한바탕 크게 웃었지. 어린애한테 된통 당한 어른 꼴이 꽤 우스웠던 게야."

노인은 그때 생각이 떠올랐는지 흐뭇한 미소를 지었다. 시오의 입가에도 보일락 말락 한 웃음이 떠올랐다. 이내 웃음기를 거둔 뒤 시오가 물었다.

"영감님, 홍아라 씨의 아버지에 대해 기억나는 게 있으십니까? 우주연방 지구친선 외교대사로 함께 떠났던 홍희철 씨 말입니다."

노인이 시오를 빤히 보더니 되물었다.

"홍희철 씨라고?"

"네, 홍아라 씨의 아버지 말입니다."

그러나 노인은 홍희철 대사가 기억나지 않는 모양이었다. 조금 뒤 단호하게 말했다.

"아라는 아버지가 없었어."

"그래요?"

의아해하는 시오의 반응에도 노인은 아랑곳하지 않았다.

"아라는 그때 혼자 우주선을 탔다니까."

시오는 이제 당황한 낯빛을 감추지 못하며 되물었다.

"홍아라 씨가 혼자 우주선을 탔다고요? 발크란 행성을 가는데 가족이 동반하지 않았단 말씀이세요?"

재차 묻는 물음에 노인이 역정을 냈다. 그제야 시오는

노인의 아들에게 들은 말을 떠올렸다. 노인은 2년 전부터 노인성 인지 장애를 앓고 있다고 말했다. 노인은 치매환자였다.

"아, 그렇다니까 왜 자꾸 물어? 지금 내 기억을 의심하는 게야?"

노인의 역정에 시오가 서둘러 말했다.

"아, 아니요. 영감님 기억이 맞을지도 모르겠군요. 워낙 기억력이 좋은 분이시니까요."

노인이 그제야 노여움을 가라앉혔다.

"그럼. 난 기억력 하나는 남들에게 뒤지지 않는 사람이야. 그 좋은 머리로 맨바닥에서 시작한 사업체를 크게 키웠다니까."

노인은 찬란했던 젊은 시절 속에서 좀처럼 헤어 나오지 못했다. 시오는 이야기를 흘려들으며 방금 전 노인이 한 말을 떠올렸다. 하지만 노인의 기억은 틀렸다. 홍아라는 분명히 자신의 아빠와 함께 발크란으로 떠났다. 앞에 만난 사람들 모두 그렇게 증언했다. 아흔 살이 넘은 노인의 기억은 잘못 끼워진 퍼즐 조각처럼 군데군데 어긋나 있었다.

시오는 노인을 향해 고개 숙여 인사한 뒤 집을 나왔다. 마지막 행선지를 찾아가야 했다. 이틀에 걸쳐 네 명의 발크란 여행자들을 만났으나 이렇다 할 성과가 없었다. 그들은 모두 홍아라의 행방에 대해 알지 못했다. 그래도 그들에게서 공통으로 나온 말은 발크란 행성을 다녀온 뒤 정신과 치료를 받았다는 것과 홍아라에 대한 기억이었다. 모두들 홍아라를 똘똘한 아이로 기억했다. 말을 잘하고 당찬 데다가 유머 감각까지 있어 일주일 동안의 우주선 여행이 지루하지 않았다고 말했다. 그 말을 들었을 때 시오는 가슴 한쪽이 묵직해지는 걸 느꼈다. 한 사람의 불행한 운명을 눈앞에서 보는 듯 느껴졌기 때문이다.

자동차를 타고 마지막 발크란 여행자 집으로 향했다. 방금 전 노인이 사는 곳과 멀지 않아 도착하는 데 20분이 채 걸리지 않았다.

엘리베이터를 타고 120층 빌딩에서 내린 뒤 시오는 집 앞에서 인터폰을 눌렀다. 문이 열리자, 중년 여자의 모습이 드러났다. 스물세 살에 발크란 여행을 했다고 하니 지금은 오십 초반일 터였다. 방금 전 노인이 최고령자였다면 이 여성은 가장 젊은 발크란 여행자였다. 물론 미성년자였던 홍아라를 빼고.

여자는 전직 교사였다. 초등과정 교사로 일하다 우주연방 친선외교 민간인 사절단으로 발탁됐다고 말했다. 하지만 이 여자 역시 지금은 교직 생활에서 은퇴했다. 다른

알마, 너의 별은

사람들과 마찬가지로 발크란을 다녀온 뒤 한동안 정신과 치료를 받았다고 고백했다. 여자가 침착하게 말했다.

"제 꿈은 평생 교사로 아이들을 가르치는 것이었습니다. 그리고 미래를 짊어질 아이들에게 좋은 영향을 주는 교사가 되길 소망했습니다. 제가 발크란으로 떠나기로 마음먹은 것도 아이들 때문이었죠. 외계 행성을 다녀오면, 교사로서 제 시야가 훨씬 넓어질 거라고 생각했습니다. 생각해 보세요. 그 광활한 미지의 세계를 여행한다면 사람이 달라지지 않겠습니까? 그리고 아이들에게 우주를 좀 더 생생하고 자세하게 가르치고 싶었어요."

시오가 가만히 고개를 끄덕이고 나서 물었다.

"여사님, 그 당시 같이 갔던 여자아이에 대해 기억나는 게 있습니까? 홍아라라고 들었습니다."

홍아라 이야기를 꺼내자 여자의 눈가가 촉촉해졌다. 여자는 잠시 침묵한 뒤 말을 꺼냈다.

"아라만 생각하면 아직도 이렇게 가슴이 아파요."

시오는 여자에게 질문을 던졌다.

"요즘 시위대들이 틀어 놓은 홀로그램 영상을 보셨습니까?"

여자가 슬픔에 잠긴 얼굴로 고개를 흔들었다.

"아니요, 차마 볼 수가 없었어요. 하지만 저도 들어 알고 있습니다. 그 아이가 홍희철 대사님의 딸이라는걸요. 얼굴에 모자이크 처리를 했다고 들었지만, 그들 부녀가 맞아요. 발크란에서 그 외계놈이 한 짓을 이 눈으로 똑똑히 봤으니까요. 얼떨결에 금지구역을 다녀왔다고 부녀를 그 지경으로 만들어 놓다니요! 세월이 이렇게 많이 흘렀지만 절대로 잊을 수가 없는 장면이었어요."

시오는 홍아라에 대해 좀 더 물어보기로 했다.

"그 일을 당하고 난 뒤 홍아라 씨는 어땠습니까?"

여자가 시오에게서 눈을 돌리더니 허공을 응시하며 말했다.

"지구로 돌아오는 길은 참으로 멀고도 험난했습니다. 떠날 때와 똑같은 시간이었으나, 저희들한테 그 일주일은 마치 100년만큼이나 길게 느껴졌어요. 모두들 말 한마디 꺼내지 않았죠. 몇 명의 사람들에게는 패닉이 일어나기도 했어요. 아라는 혼이 나간 얼굴로 우주선 창으로 새까만 우주만 바라보았어요. 우주는 차갑고 캄캄했고 소름 끼칠 정도로 공허하게 느껴졌어요. 떠날 때와 완전히 다른 세계였죠. 아라는 꼼짝 않고 앉아 몇 날 며칠을 지냈어요. 자다 깨다 하면서요. 제가 그 아이를 설득해 우주식을 먹이려고 이만저만 고생한 게 아닙니다. 아라는 죽으려고 작정한 것마냥 음식과 물을 모두 거부했어요."

또다시 여자의 눈가에 눈물이 고였다. 여자는 손등으로 눈물을 닦아 내고 나서 시오를 물끄러미 바라보았다. 조금 뒤 시오가 어렵사리 물었다.

"홍아라 씨가 지금 어떻게 지내는지 혹시 알고 계시는지요?"

시오의 물음에 여자가 고개를 갸웃하며 물었다.

"왜 그게 궁금하신가요?"

시오는 솔직하게 털어놓았다.

"지구연합 외계인 관리본부에서는 행성 여행을 다녀온 지구인들을 관리합니다. 혹시라도 행성 여행을 다녀온 뒤 이상징후를 보일지도 모른다는 염려 때문입니다. 그런데 홍아라 씨는 수십 년 동안 행방이 묘연해서 찾고 있는 중입니다."

시오는 최근 시위대들의 항의 때문이라는 말을 꺼내지 않았다. 여자 또한 그 사실을 들어 알고 있을 거라고 짐작해서였다. 또한 발크란 행성인들이 보복전을 준비하기 때문이라는 말도 꺼내지 않았다. 서 국장의 말에 의하면, 그 사실은 아직 기밀 사항이기 때문이었다. 그제야 여자가 천천히 고개를 끄덕였다. 그러고는 갑자기 생각난 듯 말했다.

"아, 아라 친척 집 주소가 있을 거예요!"

"친척 집 주소라고요?"

"네. 지구로 돌아온 뒤 아라는 친척 집에서 지냈거든
요. 외삼촌 집이었어요. 아라 엄마도 충격으로 병을 앓다
돌아가셨어요. 그래서 외삼촌 내외가 아라를 데리고 갔
습니다."

시오가 자세를 고쳐 앉으며 물었다.

"그렇다면 그곳이 어딘지 알 수 있습니까?"

"알다마다요. 아주 오래전에 그곳을 한 번 다녀온 적이
있거든요. 잠시만 기다려 주시겠어요? 주소를 입력해 놓
은 파일을 찾아볼게요."

여자가 재빨리 컴퓨터에서 주소를 찾았다.

"대전입니다. 우주센터가 측면으로 보이는 주택이었
어요. 한적한 시골 마을로 기억하고 있습니다만, 그곳에
계속 살고 있을지 잘 모르겠군요."

시오는 여자가 보여 준 주소를 스마트링크에 입력했
다. 이곳이라면 홍아라에 대한 더 많은 정보를 얻을지도
몰랐다. 그런 생각이 들자 심장이 두근거렸다.

'대전이란 말이지…….'

시오는 스마트링크를 내려다보며 오늘은 늦었다고 생
각했다. 오후 늦게 알마를 보기로 했다. 알마가 오후에 감
금실에서 나온다. 자유의 몸이 된 알마를 집으로 데려다

알마, 너의 별은

주기로 약속했다.

"말씀 정말 감사합니다. 홍아라 씨를 찾게 되면 반드시 여사님에게 연락드리겠습니다."

시오의 말에 여자도 고개를 깊게 숙이며 인사했다. 현관문을 나서면서 여자와 또다시 눈이 마주쳤다. 시오는 문득 안타까운 생각이 들었다. 교사로 계속 일했다면, 여자는 정말 훌륭한 교사로 활동했을지도 모른다는 생각이 들었기 때문이다.

13

알마가 풀려났다. 불기소 처분은 아니었다. 그러니까 완전히 무혐의로 풀려난 건 아니라는 뜻이었다. 알마를 계속 감금실에 가둬 둘 이유를 찾지 못해 풀어 줬을 뿐이었다. 국가기관 변호사가 작성한 서류가 없었다면 아마 그마저도 힘들었을 것이다.

지구연합 외계인 관리본부 1층 로비에서 시오는 알마를 기다렸다. 알마가 일상으로 안전하게 돌아갈 수 있다면 바랄 게 없을 것 같았다. 학교에서 수업을 하고 춤을 추고 설레는 마음으로 공연 준비를 하는 알마. 알마는 늘 지구에서 춤을 출 수 있어서 다행이라고 말했다.

알마의 모습이 보였다. 알마는 여느 때처럼 은회색 빛

알마, 너의 별은

머리카락을 풀어 헤친 채였다. 약간의 움직임에도 머리카락이 잔잔하게 물결쳤다.

"알마, 좀 괜찮아?"

시오가 알마의 얼굴을 살피며 물었다. 알마는 엷은 미소를 짓다 말고 다급한 눈빛을 하며 말했다.

"소미르가 콜을 받지 않아. 어서 무용수들이 있는 곳으로 가야 하는데. 공연이 이제 한 달밖에 남지 않았어."

시오가 말했다.

"너무 서두르지 마. 너라면 금세 잘할 수 있을 거야. 넌 언제나 최고의 무용수니까."

그 말에 알마가 입가에 차가운 웃음을 띠었다.

"맞아. 난 언제나 최고의 무용수였지. 하지만 이번 공연에서도 과연 그럴 수 있을까? 지금은 이렇게 걷기조차 힘이 드는걸."

그러고 보니 알마는 정말로 걸음걸이가 이상했다. 마치 자갈길을 걷는 것처럼 어기적거렸다. 몇 걸음 걷다 말고 알마가 한숨을 내쉬며 고개를 저었다.

"처음 지구에 왔을 때처럼 거인의 손이 발목을 잡아 끌어당기는 것 같아. 이래 가지고는 정말 곤란해."

시오는 알마의 한쪽 어깨를 부축하며 담담한 목소리로 말했다.

"그래도 네가 다치지 않아서 정말 다행이야. 다리라도 다쳤으면 어떡할 뻔했냐? 무용수한테 몸은 존재 그 자체라고 했잖아."

그제야 알마가 굳은 얼굴을 풀었다. 생각해 보니 시오의 말이 맞았다.

"맞아. 그때 다치기라도 했으면 난 영원히 춤을 추지 못했을지도 몰라. 생각만 해도 너무 끔찍해!"

알마가 몸을 부르르 떨며 말했다. 몇 발짝 걷다 말고 작은 목소리로 시오를 불렀다.

"시오······."

시오가 고개를 돌려 알마를 바라보았다. 초췌했으나 보랏빛 눈동자만큼은 맑게 빛났다. 알마가 말했다.

"지구인들 중에는 너처럼 좋은 사람들이 더 많겠지? 난 그렇게 믿고 싶어."

시오가 씁쓸한 얼굴로 대답했다.

"그럼. 나와 윤설이 같은 친구들이 언제나 너와 같은 외계인들을 응원하고 있을 거야."

"정말 그럴까?"

시오의 얼굴빛이 좀 더 진지해졌다.

"일부 시위대들이 눈에 띄어서 그렇지, 드러나지 않은 곳에서 너희를 응원하는 수많은 사람들이 정말로 있어."

알마, 너의 별은

알마가 심드렁하게 물었다.

"그건 우리를 동정해서겠지? 우린 외계 난민들이잖아."

시오는 잠시 침묵한 뒤 말을 꺼냈다.

"솔직히 그런 마음도 있을 거야. 하지만 그것보다 더 중요한 건 너희들에게 공감하고 있기 때문이 아닐까?"

"공감이라고?"

"그래, 공감. 너희들의 입장을 충분히 이해하고 있기 때문일 거야. 왜냐하면 우리 지구인들도 언제 외계 난민이 될지 모르니까."

시오의 말에 알마의 낯빛이 달라졌다. 비로소 알마는 평온한 얼굴로 고개를 끄덕였다.

시오가 운전하는 동안 알마는 쉴 새 없이 주위를 둘러보았다. 바로 위를 날아가는 플라잉카를 보고 흠칫 놀라더니 순식간에 천연색으로 바뀌는 홀로그램 전광판을 넋을 잃고 쳐다보았다. 감금실에 한 달 가까이 갇혀 있었으니 모든 게 신기할 따름이었다. 알마는 창밖에 그대로 눈을 두며 길고 긴 숨을 내쉬었다. 깊은 안도의 숨이었다.

알마의 집 근처에 다다랐다. 드문드문 불 밝힌 건물을 내다보던 알마의 얼굴빛이 달라졌다. 그때 일이 떠오른 탓이었다. 시오가 운전하며 알마에게 말했다.

"알마, 이제부터 걱정하지 마. 공연 연습 시간에 맞춰 내가 널 종종 데려다줄게."

알마가 시오를 바라보며 말했다.

"넌 경찰이라 바쁠 텐데?"

"그래도 데려다줄 수 있어. 아무리 경찰이라도 저녁에는 일하지 않으니까. 일을 하게 되더라도 널 집에 들여보내고 다시 나올 거야."

"완전 감동이야!"

알마가 가슴에 두 손을 모으고 또래 아이들이 쓰는 말을 흉내 냈다. 시오가 웃자 알마도 빙긋 웃었다.

알마의 집 앞에 이르렀다. 낮은 건물에 10평도 채 되지 않은 작은 스튜디오가 들어서 있었다. 알마와 같은 외계 난민들에게 선의를 베푸는 사업가가 스튜디오를 무상으로 내주었다고 들었다. 아르파라 무용수들은 모두 그 사업가가 제공한 스튜디오에 거주했다. 알마는 자신들은 운이 좋다고 몇 번이나 말하곤 했다. 타 행성인들 대부분이 자리를 잡을 때까지, 여름이면 찜통처럼 덥고 겨울이면 살을 에일 듯 추운 컨테이너에서 생활하고 있다면서. 예술가라는 이름으로 특별 대접을 받는 것 같아 다른 외계인들에게 미안하고, 언제 이 호사가 끝날지 몰라 두렵다고 했다.

자동차에서 내린 뒤 시오는 알마를 부축해 집 앞까지 데려다주었다. 걷기조차 힘든 알마가 과연 무대에 설 수 있을까. 솔직히 시오도 몹시 걱정스러웠다. 그런 줄도 모르고 알마가 시오를 바라보며 해맑게 웃었다. 까치발을 하며 시오의 머리를 부드럽게 쓰다듬었다. 아르파라식 작별 인사라고 했다. 서로의 머리를 천천히 쓰다듬으며 상대의 안녕을 기원해 준다고 했다. 처음에 시오는 이런 인사에 낯이 간지러웠다. 그러나 알마의 따듯하고 정성 어린 작별 인사에 차츰 익숙해졌다. 아직 같은 방법으로 인사를 건넨 적은 한 번도 없었지만.

이윽고 알마가 잠금장치에 손바닥을 갖다 댔다. 그러나 문이 열리지 않았다. 다시 한번 손바닥을 댔으나 이번에도 문이 열리지 않았다.

"이상하네. 문이 왜 안 열리지?"

알마가 몇 번이나 잠금장치에 손을 대자, 더 이상 인식할 수 없다는 음성 메시지가 흘러 나왔다.

시오가 알마 곁으로 다가섰다.

"기계에 문제가 생겼나 봐. 집주인한테 물어보자. 콜 번호 알고 있지?"

시오는 알마가 건네준 번호로 콜 신호를 보냈다. 그러나 집주인이라는 사람은 전화를 받지 않았다. 집주인에

게 문자를 남겼다. 아르파라인 알마의 스튜디오 현관문
이 열리지 않는다고.

"알마, 문자를 남겼어. 집주인이 전화를 받지 않아."

시오는 계단 턱에 앉아 있는 알마에게 말했다. 알마는
허리를 꼿꼿이 세운 자세로 앉은 채 꼭 쥔 두 손을 무릎
위에 올려놓았다. 얼굴에 피로가 몰려 있었고, 눈빛에 근
심이 드리워졌다.

조금 뒤 집주인에게 콜 신호가 왔다. 시오는 알마와 조
금 떨어진 곳으로 걸어가 통화를 했다.

집주인은 정중하게 말했다.

"대단히 죄송하지만, 알마 씨를 더 이상 스튜디오에 들
일 수 없습니다. 외계인을 집에 들인다고 항의하는 전화
가 수없이 왔습니다. 저도 안타까운 일이지만 어쩔 수가
없었습니다. 오늘 다른 아르파라인 무용수들도 모두 스
튜디오에서 나왔습니다. 알마 씨에게 미안하게 생각하고
있습니다."

시오는 할 말을 잃었다. 조금 뒤 집주인에게 물었다.

"그런 일이 있다면 미리 알려 줬어야 하는 거 아닙니
까?"

집주인이 말했다.

"오늘 저희 직원 한 명이 크게 다쳤습니다. 시위대들이

던진 돌에 머리를 맞았어요. 저는 이게 시작일 뿐이라고 생각합니다. 하지만 급하게 일을 처리한 점에 대해선 정말 미안합니다."

그러고 나서 집주인은 전화를 끊었다. 시오는 땅바닥을 세게 걷어찼다. 그렇게라도 하지 않으면 화가 나서 참을 수가 없을 것 같았다. 뒤에서 알마가 시오를 불렀다. 시오는 가쁘게 숨을 몰아쉬며 알마 곁으로 다가갔다.

"시오, 무슨 일이야?"

시오가 침울한 얼굴로 말했다.

"집주인이 스튜디오를 사용할 수 없다고 말했어. 시위대들이 항의 전화를 수없이 했대. 미안하다……."

알마가 펄쩍 뛰었다.

"아니야, 네가 미안해할 필요 없어! 근데 다른 친구들은 지금 다 어디 있는지 알고 있니?"

시오가 말했다.

"다른 무용수들도 오늘 집을 비웠대. 내가 곧 알아볼게."

알마는 말할 수 없이 참담한 낯빛으로 고개를 끄덕였다. 시오가 말했다.

"윤설이한테 전화하자. 네가 윤설이 엄마하고 잘 아는 사이니까 당분간 지내는 걸 허락하실 거야."

"아니, 먼저 친구들이 모두 어디에 있는지 알아봐야겠어."

어느덧 알마의 목소리가 떨려 나왔다. 알마는 무용수들이 지금 어디서 어떤 일을 당하고 있는 건 아닐지 덜컥 겁이 났다. 외계 어린 여자아이들을 타지로 팔아넘긴다는 무서운 소문을 들은 적이 있었다.

"친구들은 모두 안전한 곳에 있을 거야. 아마 네가 걱정할까 봐 연락을 안 했을 거야."

시오가 알마를 위로했다. 그러나 알마는 여전히 두려웠고, 복받치는 감정을 가까스로 억눌렀다. 시오는 작은 공처럼 웅크린 알마의 등에 눈길을 두다 허탈한 눈으로 허공을 바라보았다.

14

이튿날, 시오는 대전을 향해 자동차를 몰았다. 알마와 무용수들의 거처 문제 때문에 마음이 무거웠으나 어쨌든 홍아라의 행방을 찾아내야만 했다. 그 당시 우주연방 지구친선 외교대사의 딸 홍아라에 대해 점점 호기심이 생기기도 했다. 홍아라는 확실히 또래 아이들보다 똑똑했던 것 같았다. 뿐만 아니라 다른 면에서도 매력을 지닌 아이였다. 그런 아이가 지금은 성인이 되어 어디에 있을까? 영상으로 몇 번이나 봤던 어린 홍아라의 모습을 떠올리며 시오는 가속 페달을 밟았다.

자동차가 대전 근처에 다다랐다. 톨케이트를 벗어나자 서울과 같은 초고층 빌딩 숲이 드러났다. 시오는 우주센터가 있는 곳으로 차를 몰았다. 솔직히 큰 기대를 하지 않았다. 이미 30년의 세월이 흘렀고, 그곳은 더 이상 예전과 같은 모습이 아닐지도 모른다는 생각이 들었다.

하지만 예상과 달리 마을은 그대로인 듯했다. 띄엄띄엄 몇 채 들어서 있는 오래된 주택 지붕 위로 늦가을 햇살이 내리쬐었다. 전직 교사였다는 중년 여자의 말대로 우주센터가 측면으로 보이는 곳에 주택 한 채가 있었다. 새로 단장한 듯 말끔하게 페인트칠한 주택 앞에 서자, 시오는 가슴이 뛰었다.

집 앞으로 바짝 다가서서 낮은 나무 대문을 두드렸다. 연락처를 찾지 못해 약속 없이 방문했으나 어쩔 수가 없었다.

조금 지나자, 현관문을 열고 나이 든 여자가 나왔다. 여든을 바라보는 여자였다.

"저기, 말씀 좀 여쭈려고 찾아왔습니다."

나이 든 여자는 고개를 쭉 빼고 눈알을 이리저리 굴리며 시오를 살폈다.

"어떻게 오셨수?"

"경찰에서 나왔습니다. 어떤 사람을 찾고 있는데, 이곳이 그분의 친척 집이라는 이야기를 듣고 이렇게 찾아왔습니다."

정중한 시오의 말에 그제야 노인의 눈에서 의구심이 사라졌다. 대문을 열고 나서 노인은 시오를 보며 물었다.

"어떤 사람이라니? 누굴 말하는 게요?"

시오는 어떻게 이야기를 꺼내야 할지 내내 고민했으나 쉽게 말이 나오지 않았다. 노인이 다시 물었다.

"아니, 왜 냉큼 말을 못 해! 누굴 찾느냐고요?"

시오가 말을 꺼냈다.

"홍아라 씨입니다."

노인의 주름진 얼굴이 단번에 굳어졌다. 놀란 눈으로 시오를 뚫어지게 쳐다보며 물었다.

"아라? 아라를 찾는단 말씀이지?"

"네, 그렇습니다."

노인이 퉁명스럽게 대꾸했다.

"아니, 이제 와서 그 아이는 뭐 하러 찾는답니까? 내가 그렇게 찾아 달라고 할 땐 무심하더니만. 내가 아라 외숙모 되는 사람이에요."

시오는 노인을 향해 고개를 숙였다. 그러나 앞에 서 있는 노인도 현재 홍아라의 행방에 대해 알지 못한다는 사실에 맥이 풀리고 말았다.

노인은 여전히 시큰둥한 얼굴로 파라솔을 가리키며 말했다.

"저기 가 좀 앉겠소?"

노인은 느린 걸음으로 앞서 걸어갔고 그 뒤를 시오가 따라 걸었다.

"햇살이 워낙 따가워서 말이야. 자, 이제 차근차근 말해 봐요. 왜 이제 와서 아라를 찾는지 말이오."

시오는 지구연합 외계인 관리본부에서 행성 여행자들을 관리하고 있는데, 홍아라 씨는 행방이 묘연해서 수십 년째 방치한 상태라고 전했다. 그 말에 노인은 이제야 알겠다는 듯 서늘한 낯빛으로 말했다.

"아라는 진작 이곳에서 나갔어."

시오가 물었다.

"집을 나간 지 얼마나 됐습니까?"

"아마 20년은 된 것 같구만……. 서울로 올라간다고 했어. 서울에 올라가서도 한 1년은 연락을 했어. 잘 지내고 있다고 말이야. 하지만 그 뒤부터는 감감무소식이었어. 내가 하도 걱정돼서 경찰서를 찾아가 아라를 찾아 달라고 할 정도였으니까. 하지만 경찰들은 가출이 아니라서 찾아 줄 수가 없다고 말했어."

"경찰들 말이 맞을 겁니다. 가출이 아닌 경우에는 따로 수사를 하지 않습니다."

시오의 말에 노인이 발끈했다.

알마, 너의 별은

"아니, 몇 년이 넘도록 연락이 안 돼서 찾아 달라는데 그걸 못 찾아 줘! 한동안 발이 부르트도록 경찰서를 들락거린 걸 생각하면, 내 지금도 화가 나네 그려."

노인이 씩씩대며 시오에게 물었다.

"그건 그렇고. 아라를 어떻게 찾을 생각이오?"

"사실은 그걸 저희 쪽에서도 몰라서 이렇게 찾아왔습니다. 혹시 홍아라 씨에 대해 아시는 게 있다면 좀 알려 주십시오. 어떤 이야기라도 참고가 될 것 같습니다."

"그래?"

시오가 고개를 끄덕였다.

마침내 노인이 홍아라에 대해 이야기하기 시작했다.

"아라는 말도 못 하게 불쌍한 아이였어. 어린것이 졸지에 부모를 모두 잃어버렸으니 말이야. 어느 행성인지 뭔지에 가서 험한 일을 당하고 온 건 알고 있남?"

"네, 알고 있습니다."

노인이 혀를 찼다.

"그러니까 나라에서 왜 그런 무자비한 델 보냈는지 몰라. 부러울 것 하나 없이 잘 살고 있는 부녀를 말이야. 두고두고 패씸해서 내가 속병이 날 지경이었어."

또다시 발끈하더니 노인은 천천히 말했다.

"우리 집에 내려와서 아라는 많이 아팠어. 잘 먹질 않으니 몸이 견딜 리가 있나. 우리 집 양반이 용한 약을 사다 해 먹였는데 약이 듣지 않았어. 젓가락마냥 말랐으니까. 그래도 죽은 제 아비를 닮았는지 키가 쑥쑥 크는 게 용하더라고. 에구, 유산을 많이 받으면 뭐 해! 어린애가 아주 속병이 단단히 들어 버렸는걸!"

시오가 말을 끊고 물었다.

"홍아라 씨가 이곳에 내려와서 학교를 다녔습니까?"

노인이 고개를 저었다.

"아냐, 학교 안 다녔어. 원체 집 밖에도 안 나갔는걸."

"그렇군요."

조금 뒤 시오가 어렵게 입을 열었다.

"홍아라 씨가 아버지에 대한 이야기를 꺼낸 적이 있습니까? 아니면 다녀온 행성에 대해서라도 말입니다."

노인이 펄쩍 뛰었다.

"아라는 제 아빠에 대해서도 그 행성에 대해서도 한 마디도 꺼내지 않았어. 그 애 앞에서 우리 식구들도 그놈의 행성에 대해 꺼내지 못했어. 어쩌다 그 행성 이야기가 나올 때가 있었는데, 그러면 아라가 자기 방에 들어가서 나오지 않았거든. 우릴 보고 눈도 마주치려고 하지 않았다니까. 아예 듣기 싫다는 게야."

휴……. 기력이 떨어진 탓인지 노인은 길게 숨을 내쉬

었다. 붉게 달아오른 얼굴로 계속 이야기를 이어 갔다.

"그런데 말이야. 어느 날부턴가 아라가 자기 방 벽에 사진을 잔뜩 걸어 놓는 게야."

"사진이라니요?"

"여행 다녀온 행성 사진들 말이야."

"네에? 그럼, 발크란 행성 사진도 있었나요?"

"발크란인지 뭔지는 모르겠고 암튼 사진들을 죄다 걸어 놨어. 우리 집에 온 지 1년쯤 지날 때였어. 무슨 맘인지 자기 방 벽 한 면을 사진으로 도배해 놓더라고. 우리도 웬일인가 했어."

시오는 조바심을 내며 물었다.

"혹시 그 사진들이 지금도 방에 걸려 있습니까?"

노인은 고개를 저었다.

"아냐, 남김없이 모조리 다 챙겨 갔어. 무슨 보물이라도 되는 양 말이야."

시오는 여전히 조바심이 났다.

"여사님, 그 사진에 어떤 게 찍혀 있는지 기억나십니까?"

노인이 시오를 물끄러미 보더니 입을 열었다.

"가만…… 나무 사진이었을까……?"

노인이 곰곰이 생각하고 나서 다시 말했다.

"좀 별나게 생긴 나무 사진들이었어. 무슨 나무가 잎사
귀도 하나 없이 가지만 쭉쭉 뻗어 있는 게야. 그렇다고 꼭
죽은 나무들 같지는 않았는데……. 아무튼 그런 나무들
이 숲을 이루고 있었어."

"그러고요?"

"바람에 모래가 휙 휩쓸리는 모양을 사진에 여러 장 담
았더구만. 신기하게도 모래 빛깔이 날 좋은 날 하늘처럼
파랬어. 파란 모래가 뱅글뱅글 돌고 있는 사진이었지."

시오는 자기도 모르게 고개를 갸웃했다. 사진 이야기
를 하다 말고 노인은 또 한숨을 내쉬었다.

"나도 들은 말인데, 아라 아빠가 죽던 날 밤에 그곳에
간 사람들은 만찬이 있는 줄로만 알았대. 지구 대표로 간
사람들이니까 다들 얼마나 훌륭했겠어. 그래서 그놈들이
저희들한테 맛있는 저녁 식사를 대접해 주는 줄만 알았
다는 게야. 그런 봉변을 당할 줄은 꿈에도 몰랐던 게지."

시오의 머릿속에서 몇 장의 사진 영상들이 떠올랐다.
잠자코 노인의 이야기를 듣던 시오가 다그치듯 물었다.

"다른 사진들은 또 없었나요? 기억나시는 대로 다 말
씀해 주세요."

노인이 시오를 멀뚱히 보며 말했다.

"그게…… 밤하늘을 찍은 사진도 몇 장 있었지. 그러고

보니 아주 신기한 모습이었어. 캄캄한 밤하늘에 달이 두 개 떠 있었거든. 하나는 크고 하나는 작아서 흐릿했어."

"달이 두 개 떠 있는 밤하늘이라고요?"

시오는 또다시 고개를 갸웃할 수밖에 없었다.

"아, 그렇대도! 낸들 그게 달인지 별인지 알 리가 없었지. 꼭 작은 점 같더구만. 근데 아라가 달이라고 말해 줬어. 묻지도 않았는데 제 입으로 말이야. 별일이다 싶었지만, 그 뒤 아라는 사진에 대해 말을 꺼내지 않았어. 나도 묻지 않았고. 그래서 나는 지금까지 달인 줄만 알고 있어."

시오는 심장이 세차게 뛰는 걸 느꼈다. 비로소 윤설이 전한 이야기가 생생하게 떠올랐다. 외계 이주민센터장실 벽 한 면에 행성 풍경 사진이 걸려 있다고. 가지만 앙상한 나무들과 회오리치는 파란 모래 폭풍 사진들. 그중에 둥근 달이 떠 있는 밤하늘 사진이 몇 장 있다고 말했다. 뭔가 일치했으나 한 가지는 달랐다. 윤설은 그렇게 떠벌릴 때에도 행성 밤하늘에 달이 두 개 떠 있다는 말은 하지 않았다. 시오는 잠시 윤설이 전한 이야기에 빠져들었다.

'밝고 둥근 달이 떠 있는 밤하늘……. 그리고 달 주변 가까이 혹은 저 멀리 별들이 흐릿하게 떠 있는 사진들이 었어. 어떤 별 하나는 꼭 작은 점처럼 보였어.'

순간, 시오는 등골이 오싹해지는 걸 느꼈다. 헛기침을 한 번 하고 나서 넌지시 노인에게 말했다.

"실례됩니다만 홍아라 씨 방을 한 번 봐도 되겠습니까?"

"방이라고 해 봐야 이젠 아무것도 없어."

"그래도 참고가 될지 모르니 한번 살펴보겠습니다."

"뭐 그렇다면 들어가 보자고."

노인은 관절 꺾이는 소리를 내며 의자에서 일어났다. 느린 걸음으로 현관문 앞으로 걸어가더니 문을 열고 집 안으로 들어갔다.

집 안은 마당과 달리 그늘이 져 있었다. 나이 든 사람 특유의 케케묵은 냄새가 코로 훅 끼쳐 들어왔다. 노인이 거실을 가로질러 가더니 꽉 닫힌 방문을 열며 말했다.

"여기가 아라 방이야. 그 애가 나간 뒤 털끝도 건드리지 않았어. 혹시 돌아올지 몰라서 말이야."

시오는 거실과 다를 바 없이 그늘진 방 안을 샅샅이 살폈다. 침대 커버만 덮어씌운 1인용 침대와 작은 책상과 의자와 서랍장, 창 양쪽으로 끈을 해서 묶어 놓은 커튼이 전부였다. 가까이 다가가 보니 벽 한 면에 수많은 못이 박혀 있었다. 노인의 말대로 홍아라는 벽 한 면 전체에 사진을 걸어 두었던 모양이었다. 그중에는 발크란 행성의 풍경을 담은 사진들이 있었을 거라고 짐작했다.

시오는 그런 홍아라의 행동을 이해할 수가 없었다. 자신이라면 절대로 발크란 행성 사진을 걸어 놓지 못할 것이다. 사진을 바라보며 너무나 가슴 아픈 일을 떠올리고 싶지 않았을 테니까. 그런데 홍아라는 무슨 마음으로 발크란 행성 사진을 방에 걸어 놓았을까. 그런 생각을 하며 침대를 돌아 창가 쪽으로 다가설 때였다. 한눈에도 먼지가 내려앉은 인형이 침대 옆에 떨어져 있는 게 보였다. 새하얀 강아지 인형이었다. 어느새 다가온 노인이 인형을 내려다보며 말했다.

"아라는 다 크도록 저 인형을 껴안고 잤다우. 쯧쯧. 어쩌다 저 인형을 빠뜨리고 갔는지 몰라. 그거 이리 좀 올려놔 봐."

시오의 머릿속에서 어떤 생각이 떠올랐다. 강아지 인형을 집어 든 채 노인에게 물었다.

"여사님, 이 인형을 제가 좀 가져가도 되겠습니까?"

노인이 황당한 얼굴로 말했다.

"그걸 뭐 하려고 가져가. 우리 아라가 돌아오면 찾을지도 모르는데."

시오는 고개를 조아렸다.

"혹시 홍아라 씨를 찾아낼 수 있을지 몰라서 말입니다.

평소 지니고 있던 물건만으로도 그 사람을 찾아낼 수 있
거든요."

"하지만 수십 년이 지났는걸."

"세탁만 하지 않았으면 괜찮습니다."

노인이 손을 내저었다.

"안 빨았어. 주인도 없는 인형을 뭐 하러 빨아. 아까도
말했다시피 난 이 방에 들어온 지도 꽤 됐어. 이 방에만
들어오면 아라 생각이 나서 말이야."

그러고 나서 노인은 또다시 눈시울을 붉혔다. 시오는
노인에게 인사를 하고 난 뒤 집을 나섰다. 강아지 인형을
비닐봉지에 집어넣은 채였다. 자동차를 타고 출발할 때
까지 노인은 시오를 내다보았다. 집을 나오기 전에 노인
은 시오의 손을 잡으며 아라를 꼭 찾아 달라고 말했다. 노
인은 그 말을 할 때처럼 서글픈 눈빛을 한 채 시오를 바라
보며 한 손을 휘휘 내저었다.

대전 시내로 들어가기 전이었다. 시오는 굳은 얼굴로
윤설에게 전화를 걸었다.

"너, 외계 이주민센터장실에 걸려 있는 사진들 가지고
있다고 했지? 그 사진들 나한테 다 보내 줄 수 있냐?"

윤설이 말했다.

"당연하지. 왜 그러는데? 외교대사 딸 찾는 데 문제 생

겼냐?"

"그런 거 아니야."

"근데 왜?"

시오는 답답해서 숨을 크게 내쉬었다.

"지금 운전 중이라 설명하기 곤란해. 그리고 내일 외계
이주민센터에 같이 갈 수 있냐?"

시오의 얼굴을 살피더니 윤설이 대답했다.

"알마 때문에 그래?"

시오는 그 어느 때보다도 굳은 얼굴로 대답했다.

"아니, 알마 때문이 아니야. 하지만 외계 이주민센터에
갈 다른 이유가 생겼어."

15

집으로 돌아온 뒤 시오는 곧 컴퓨터를 켰다. 그러고는
발크란 행성에 대해 찾아보았다. 지구와 20광년 떨어진
발크란은 지구보다 2.5배가 큰 우윳빛 행성이었다. 행성
의 반이 암석과 바다 그리고 나머지는 빙하로 이루어져
있었다. 행성의 반을 차지하는 얼음 때문에 아마도 생명
체가 살기 가혹한 행성일 터였다.

조금 뒤 시오는 검색창에 발크란과 두 개의 달을 쳤다.
밤하늘에 달이 두 개 떠 있는 기묘한 풍경이 나타났다. 지
구 그 어느 곳에서도 볼 수 없는 광경이었다. 두 개의 달
중 하나는 크고 둥그랬으며 빛이 강렬했다. 다른 하나는
흐릿해서 만약 달이라는 정보가 없었다면, 하나의 작은

점처럼 보였을 것이다.

시오는 스마트링크에 저장해 놓은 사진첩을 열었다. 윤설이 보내 준 외계 이주민센터장실에서 찍은 사진을 찾기 위해서였다. 스마트링크에서 허공으로 사진들을 띄웠다. 고목처럼 앙상한 가지를 뻗은 나무숲, 소용돌이치는 파란 모래 언덕 사진들이 보였다. 그 가운데 밤하늘에 둥근 달이 떠 있는 사진을 찾았다. 사진으로 봐도 지구의 달보다 훨씬 더 크고 밝았다. 위성이 더 가까이 있기 때문일 것이다. 시오는 윤설이 별이라고 말했던 작은 점들 중 흐릿하게 보이는 별 하나를 눈여겨보았다. 별이라고 하기에는 어쩐지 빛이 차갑고 탁했다. 이 작은 점은 어쩌면 이 행성의 또 다른 위성, 즉 달일지도 몰랐다. 두 개의 위성을 가지고 있는 발크란 행성에는 두 개의 달이 크기를 달리하며 뜬다고 돼 있었다. 크고 작은 두 개의 달이 어느 정도 간격을 두며 떠 있는 것이다.

시오는 달이 두 개 뜨는 다른 네 개의 행성들을 찾아보았다. 슈페우로스, 올가, 르미로, 모슈르. 모두 달이 두 개 뜨고 여행이 가능한 행성들이었다. 네 개 행성에 뜬 두 개 달의 모습을 찬찬히 살펴보았다. 그러고 나서 각각 행성에 떠 있는 두 개의 달 사진을 같은 크기로 확대한 자료를 찾아보았다. 각 행성 밤하늘에 뜬 두 개의 달은 모습이 비슷했다. 두 개의 달 중 하나는 컸고, 다른 하나는 작고 희미했다. 얼핏 달 사진만으로는 어떤 행성인지 알 수가 없었다. 그러니까 똑같은 행성이라고 해도 믿을 것 같았다.

그러나 좀 더 자세히 살펴보면, 각각 다른 행성이라는 명확한 증거가 있었다. 그건 바로 달과 달 사이의 거리였다. 시오는 다섯 개 행성에 떠오른 달과 달 사이의 거리를 계산해 보기 위해 컴퓨터에 다섯 개의 사진을 입력했다. 계산 결과, 달과 달 사이의 거리는 모두 제각각이었다. 만약 외계 이주민센터장실에 걸려 있는 밤하늘 사진 속 흐릿한 점이 달이라면, 두 개 달 사이가 가장 간격이 멀었다. 위성 간의 평균 거리는 105,000킬로미터. 타원형으로 공전하는 두 개의 위성이 가까워지는 시기를 감안하더라도, 외계 이주민센터장실에 걸려 있는 두 개의 달은 다른 행성 사진보다 달 사이의 거리가 눈에 띄게 멀었다. 그건 사진 속의 밤하늘이 발크란일 가능성이 높다는 뜻이었다. 발크란 행성에 뜨는 두 개의 달 사이 거리와 일치했으니까.

시오는 아찔한 기분이 들었다. 그럴 리가 없다고 생각했으나 한 번 뿜어 나온 의혹은 좀처럼 사라지지 않았다. 외계 이주민센터장실에 있는 밤하늘 사진을 확인해야만 할 것 같았다. 그러자 미친 듯이 심장이 뛰었다. 마음을 진정시키려고 깊게 숨을 내쉬었다. 내일은 모든 일을 미루고서라도 외계 이주민센터장을 만나야겠다고 마음먹었다.

16

　자동차를 타고 외계 이주민센터로 가는 중에도 시오는 좀처럼 입을 열지 않았다. 발크란 행성 여행자들에게 들은 홍아라 이야기를 윤설에게 아직 꺼내지 않은 상태였다.

　"얘가 오늘따라 왜 이렇게 조용하냐……."

　윤설은 무겁게 가라앉은 시오의 얼굴을 살피기만 할 뿐 더 이상 묻지 않았다.

　자동차가 지대가 높은 구릉지를 향해 내달렸다. 시오는 운전하면서 차창 밖 낯선 동네를 곁눈질했다.

　"센터가 이렇게 외진 곳에 있는 줄 몰랐어. 사람이 죽어 나가도 모르겠군."

　"무슨 말을 그렇게 하나!"

　　　　　　　　　　알마, 너의 별은

윤설이 발끈하자 시오는 입으로 씩 웃고 말았다.

어느덧 외계 이주민센터라는 작은 문패를 걸어 둔 집이 나왔다. 두 아이는 살짝 열린 대문을 밀고 마당으로 들어섰다. 시오는 흐트러진 마당을 둘러보다 담벼락에 나란히 피어 있는 야생화에 눈을 두었다. 빨간 꽃잎은 시들었으나 열매들이 터질 듯 팽팽하게 부풀어 올랐다. 개중에는 갈라진 껍질 틈새로 끈끈하고 희멀건 즙이 비어져 나와 있었다. 시오는 죽은 핏빛처럼 검붉은 꽃잎을 보며 고개를 갸웃했다. 처음 보는 꽃이었다.

"뭐 해? 안 들어가고?"

윤설이 현관문 쪽으로 걸어가며 말했다. 그제야 시오는 야생화에서 눈을 거두고 윤설을 따라 걸었다. 윤설은 마치 자기 집이라도 되는 듯 현관문을 열고 안으로 들어가더니 2층 계단으로 올라섰다.

"어서들 와요!"

전하린 센터장이 책상 의자에서 일어서며 두 사람을 반갑게 맞이했다. 전하린은 실물 인상이 훨씬 더 좋아 보였다. 매체에서 얼핏 본 모습이 몹시 차갑게 느껴졌기 때문이다.

"안녕하세요."

시오가 인사를 건넸다. 전하린 센터장이 시오와 윤설

곁으로 다가오며 소파를 가리켰다.

"앉아요. 바쁜 걸음해 주셔서 감사합니다."

시오는 머릿속이 복잡했다. 전하린 센터장은 상냥한 사람이었다. 마주하고 보니 자신의 추측에 자신이 없어졌다. 오늘 윤설에게 이곳에 오자고 한 건 전하린을 직접 보고, 무엇보다 행성 사진들을 확인하기 위해서였다.

전하린 센터장이 차를 내오는 동안 시오는 벽면을 살폈다. 벽면은 거의 책장으로 둘러싸여 있었다. 그나마 비어 있는 벽 한 면에도 사진들은 걸려 있지 않았다. 전하린 센터장의 뒷모습을 곁눈질하고 나서 윤설의 어깨를 툭 치며 입으로 슬며시 물었다.

'사진들, 다 어디 있냐?'

윤설이 어리둥절한 표정을 짓더니 대뜸 큰 소리를 냈다.

"어, 사진들이 모두 없어졌네!"

전하린 센터장이 고개를 돌리며 빙긋 웃었다.

"곰팡이 때문에 벽을 새로 페인트칠했어. 훨씬 깨끗해지지 않았니?"

윤설이 손뼉을 탁 쳤다.

"어! 그러고 보니 진짜 깨끗해졌어요."

전하린 센터장은 입가에 웃음을 띠며 티포트에서 허브차를 우려냈다. 사무실 가득히 상큼한 페퍼민트 향이 퍼졌다. 시오는 재빨리 윤설에게 한 통의 문자를 보냈다.

–전하린 센터장의 체취가 묻어 있는 물건을 챙겨. 머리카락도 좋고 칫솔, 뭐든 상관없어. 나중에 다 설명해 줄게. 지금은 내가 시키는 대로 해 줘. 부탁한다.

곰팡이 때문이라고 했으나 시오는 센터장이 갑자기 사진을 치운 게 마음에 걸렸다. 사정을 알 리가 없는 윤설은 황당한 얼굴로 시오를 보았다. 시오는 두 손을 가슴에 모으며 고개를 숙였다. 조금 뒤 전하린 센터장이 두 사람 앞에 찻잔을 내려놓았다. 다정한 눈빛으로 시오를 보며 말했다.

"알마 남자친구라고 해서 어떤 분일까 궁금했어요. 경찰관 남자친구라니, 알마는 참 든든하겠어요. 경관님, 앞으로 저희 센터도 잘 부탁드리겠습니다."

그 와중에도 시오는 그녀의 얼굴 살피는 일을 잊지 않았다. 시오가 말을 꺼냈다.

"힘닿는 데까지 도와드려야죠. 훌륭한 일을 하시는 분인걸요."

"그렇게 말씀해 주시니 정말 기쁘네요. 요즘 계속 시위대들한테 욕을 먹어서 칭찬에 굶주려 있었나 봅니다. 어제도 한바탕 왔다 갔어요. 이러다 이 동네에서 쫓겨나게 생겼어요. 일부러 조용한 곳을 찾아와 사는 이웃들에게 민폐를 끼치고 있지 뭡니까."

차를 한 모금 마시고 나서 시오가 말했다.

"아르파라인 무용수들이 체육관에서 나와 이곳에서 지낼 거라는 소식을 들었습니다. 제 생각에는 정부 차원에서 그들을 지원해야 한다고 생각합니다. 하루 이틀도 아니고……."

전하린 센터장이 두 손을 내저었다.

"비좁은 대로 이곳에서 지내다 저기 빈터에 건물을 지을까 합니다. 아무래도 체육관에서 숙식을 하기엔 너무 낡은 곳이라서 말이에요. 지난해 국가 보조금을 받았는데, 그 돈이면 충분할 것 같아요."

내내 말이 없던 윤설이 두 사람 이야기에 끼어들었다.

"진짜요? 그럼 제가 이곳에 자주 와야겠네요!"

전하린 센터장이 웃었다.

"그럼 나도 좋지. 윤설이를 자주 볼 수 있을 테니까."

윤설이 새하얗게 페인트칠한 벽에 눈을 두며 중얼거렸다.

"사진들이 없으니까 허전해요. 정말 멋진 사진들이었는데……."

그러고 나서 윤설은 시오를 힐긋 보았다. 태연히 앉아 있는 시오의 모습에 갑자기 열이 확 올랐다. 윤설은 내내 시오의 문자를 생각하고 있었다.

알마, 너의 별은

전하린 센터장도 벽면을 바라보며 말했다.

"조만간 다시 걸어 놓을 생각이야. 내가 좀 바빠서 또 늦어지고 있네."

시오가 얼굴을 찡그리며 말했다.

"사진…… 보고 싶었는데 못 봐서 아쉽네요. 혹시 이곳에 있으면 볼 수 있습니까?"

그러자 이번에는 전하린 센터장이 눈살을 찌푸렸다.

"어쩌나…… 사진을 모두 집에 갖다 놨어요. 나무 액자가 부식돼서 새 걸로 바꿀 생각이에요. 곰팡이가 참 무섭더라고요. 제 몸에 닿는 건 모조리 다 삼켜 썩게 만들어 버리죠. 다음에 오시면 말끔한 액자에 들어 있는 사진들을 볼 수 있을 거예요."

그러고 나서 생각난 듯 말했다.

"참, 김진후 선생이 대단히 미안하게 생각하고 있어요. 클론에 대해 잘못된 정보를 주셨다면서요?"

시오가 머리를 긁적였다.

"아, 그건 괜찮습니다. 덕분에 다른 정보를 얻었습니다."

전하린 센터장이 흥미롭다는 얼굴로 시오를 살피며 물었다.

"다른 정보라면 어떤 건가요?"

시오는 말을 꺼내려다 그만두었다. 그러나 옆에 앉은 윤설이 아무렇지 않게 떠벌렸다.

"시오는 P-14구역에서 세 쌍둥이 클론들을 만났대요. 그래서 알마 사건에도 두 명의 클론이 개입됐을 거라고 했어요."

전하린 센터장이 생각난 듯 목소리를 높이며 말했다.

"아, 저도 그 이야기를 들었어요."

이 사실을 전하린 센터장은 이미 김진후를 통해 알고 있는 터였다. 김진후는 얼마 전에 강시오 경관이 클론 거주지에 들렀다고, 정보가 잘못된 것 같다면서 혹시 클론들의 다른 거주지를 알고 있느냐고, 자신에게 물었다고 했다. 그러나 알마 사건에 두 명의 클론이 개입됐을 거라는 말은 처음 듣는 이야기였다.

시오는 윤설이 마땅치 않았다. 윤설에게 너무 많은 정보를 흘렸다는 생각에 찜찜하기 짝이 없었다. 눈빛을 감추기 위해 고개를 창밖으로 돌렸다. 마당 너머로 빈 땅이 내다보였다. 한눈에도 500평이 넘을 만큼 넓은 땅이었다. 전하린 센터장은 저곳에 건물을 지어 아르파라인 무용수들이 거주하게 할 거라고 말했다.

시오는 다시 전하린 센터장을 바라보았다. 눈이 마주치자, 전하린 센터장이 자신을 향해 은은한 미소를 지었다. 40대 초반이라고 들었는데 그보다 훨씬 더 젊어 보였다.

알마, 너의 별은

화장도 하지 않았으나 얼굴빛이 맑았다. 기미가 흐리게 끼어 있을 뿐 얼굴 그 어디에도 다친 흔적 같은 건 없었다.

시오는 또다시 자신의 추측이 잘못됐을지도 모른다는 생각을 했다. 그렇지만 행성 사진이라는 증거가 있었다. 시간을 달리해서 홍아라와 전하린은 같은 사진을 벽에 걸어 놓았는지도 모른다. 물론 밤하늘 사진 속의 달이 두 개인지 하나인지 아직 확인하지 못했지만. 그러나 만약 시오의 추측이 맞다면, 홍아라와 전하린은 어떤 종류의 관계를 맺고 있는 게 분명했다. 대전 홍아라 외숙모가 사진에 대해 말해 주지 않았다면, 아마 이런 추리를 할 수 없었을 거라고 생각했다. 그러나 사진을 직접 볼 수 없으니 답답할 노릇이었다.

"저는 잠시 화장실 좀 다녀올게요."

윤설이 엉거주춤 자리에서 일어섰다. 조금 뒤 시오도 자리에서 일어서며 말했다.

"저도 그만 가 봐야겠습니다."

"이렇게 빨리요?"

"알마를 잠깐 보기로 했어요."

"오, 그렇군요!"

전하린 센터장이 찻잔에 입을 대려다 말고 흐뭇한 미소를 지었다. 그 모습을 바라보며 시오는 사진을 보러 다시오겠다는 말을 꺼낼까, 잠시 고민했다. 그러나 곧 그 생각을 거뒀다. 서둘러 이 근처 체육관으로 갈 생각이었다. 그곳에서 알마가 공연 연습을 한다고 했다.

알마, 너의 별은

17

"도대체 뭐냐?"

체육관으로 가는 길, 자동차 안에서 윤설이 버럭 소리를 질렀다. 재킷 주머니에서 머리카락 뭉치를 꺼내 들더니 으르렁댔다.

"빨리 말해! 이유를 말하지 않으면, 이걸 차창 밖으로 내던져 버릴 거야!"

시오가 당황한 얼굴로 윤설을 말렸다.

"그러지 마! 내가 다 말해 줄게."

윤설은 시오를 노려보며 계속 씩씩댔다. 시오는 그런 윤설을 힐긋 보며 말했다.

"다음에 이야기해 줄게. 지금은 증거가 충분하지 않아

서 그런다."

"얼씨구! 누가 경찰 아니랄까 봐! 너, 진짜 수상해!"

시오가 대꾸했다.

"그래서 나도 알마를 만나고 빨리 본부로 들어가려고 한다. 알마가 계속 피해를 보게 할 수 없으니까."

윤설이 투덜거렸다.

"다음에 틀림없이 나한테 알려 줘. 안 그러면 센터장님한테 다 불어 버릴 거야!"

"그래, 하루 이틀 정도면 충분할 거다."

마을 입구를 벗어났다. 시오는 울려 대는 스마트링크를 본 체도 하지 않고 속력을 냈다. 10분 남짓 달리자 얼마 전에 들렀던 체육관이 나왔다. 4층 높이의 체육관 건물은 다시 봐도 외관이 몹시 허름했다. 큰 태풍이 불어닥친다면 금방이라도 쓰러져 버릴 것처럼 보였다.

공연 연습을 하는 리듬체조실을 향해 걸어갔다. 복도를 걸어가는데 음악 소리가 들렸다. 몽환적인 피아노 소리였다. 아니, 자세히 들어 보니 피아노가 아니라 하프 연주 소리였다. 구름 위를 걷듯 잔잔하게 울려 퍼지는 소리를 들으며 시오는 춤추는 알마의 모습을 떠올렸다.

문을 열고 들어가자 무용수들이 공연 연습을 하는 중이었다. 무용수들에게 둘러싸인 채 알마가 발끝을 세우며 회전을 반복했다. 어쩐지 좀 불안한 몸짓으로 몇 바퀴 회전하더니 그 자리에서 멈춰 섰다. 시오와 윤설을 발견한 것이다. 알마가 무용수들을 향해 말했다.

"잠깐 쉬었다 할까? 친구들이 찾아왔어."

무용수 한 명이 음악을 끄며 그대로 주저앉았다. 다른 무용수들도 지친 얼굴로 벽면에 기대앉아 숨을 돌렸다. 쉴 틈 없이 연습에 몰두한 모양이었다. 시오는 알마가 또 얼마나 무용수들을 다그쳤을지 짐작했다.

조금 뒤 무용수들이 주고받는 말소리가 허공에서 울렸다. 무용수들은 흩어져 스트레칭을 하거나 물을 마셨다.

시오는 알마를 보며 한 손을 들었다. 그제야 알마가 입가에 희미한 미소를 띠며 걸어왔다. 얼굴에 생기가 돌았으나 며칠 사이 살은 더 빠진 듯 보였다. 지독하게 연습을 한 것이다. 알마는 자신 때문에 공연을 망치면 안 된다고 몇 번이나 말했다. 이번 공연은 너무나 중요해서 다른 무용수들에게 폐를 끼쳐서는 절대 안 된다고.

"빨리 왔네?"

알마의 물음에 시오가 대답했다.

"으응. 근데 아침부터 계속 연습한 거니?"

"으응. 하지만 아직도 실력이 나오지 않아 걱정이야."

알마가 말했다. 머리를 돌돌 말아 묶은 탓에 밝은 회색

빛 목이 훤히 드러났다. 가느다란 목선에 목뼈가 도드라
졌다. 시오가 말했다.

"좀 쉬엄쉬엄해. 그러다 병나겠다."

"맞아. 너무 무리하지 마."

윤설의 말에도 알마는 시큰둥한 표정을 지었다. 쉴 틈
이 어디 있냐는 뜻이었다. 어느덧 세 아이 곁으로 소미르
가 미끄러지듯 죽 달려왔다.

"안녕? 잘 지냈어요?"

소미르가 어눌한 발음으로 인사를 건넸다. 인사를 하
고 나서 윤설이 소미르에게 물었다.

"소미르, 알마 잘하고 있어요?"

소미르가 두 눈을 반짝이며 대답했다.

"알마는 아주 잘하고 있어요. 점점 예전으로 돌아오고
있으니까요."

옆에서 알마가 눈살을 찌푸렸다. 소미르는 신경 쓰지
않고 말했다.

"알마가 힘들다고 말했어요? 천만에요! 알마는 '엉살'
떤 거예요."

소미르는 어눌한 발음으로 하고 싶은 말을 다 했다. 그
러나 엄살을 '엉살'이라고 발음해서 시오와 윤설을 웃게
만들었다. 소미르는 웃는 이유를 알지 못해 어리둥절한

표정을 지었다. 시오가 스마트링크를 내려다보며 말했다.

"우리 그만 가 볼게."

"왜 벌써?"

알마의 물음에 시오가 말했다.

"할 일이 산더미처럼 쌓여 있어서⋯⋯. 공연 보러 가려면 서둘러 처리해야지."

시오는 알마와 눈인사를 나눈 뒤 연습실 문 쪽으로 걸어갔다. 문을 열고 나올 즈음 다시 하프 연주가 흘렀다. 뒤돌아서자 알마는 이미 연습실 한가운데 서서 춤을 추고 있었다. 한쪽 다리를 직각으로 구부리고 느린 곡에 맞춰 천천히 몸을 회전했다. 그 모습이 유리병 안에서 춤추는 마리오네트 같았다. 소미르의 말과 달리 알마는 아직 예전의 기량을 보여 주지 못하고 있었다. 때문에 저토록 몸을 혹사시키며 연습을 하고 있는 것이다. 시오는 춤추는 알마에게 잠시 눈을 두고 나서 밖으로 나왔다.

복도를 걸어가는데, 마음이 급해졌다. 곧장 국립과학수사연구원에 들를 예정이었다. 대전 홍아라 외숙모의 집에서 들고 온 강아지 인형에서 홍아라의 DNA가 나왔다는 메일을 받았다. 이제 전하린의 머리카락을 국과수에 넘기기만 하면 된다. 윤설은 센터장실 욕실에 있는 브러시에서 머리카락을 빼 왔다고 말했다. 시오는 늦더라도 외계인 범죄관리국으로 들어갈 생각이었다. 그리고 오늘 밤을 새워서라도 두 사람의 관계에 대한 진실을 밝혀 내야겠다고 생각했다.

알마, 너의 별은

18

시오는 외계인 범죄관리국 사무실에 앉아 컴퓨터 화면을 열었다. 국과수에 들러 전하린의 머리카락 분석을 의뢰하고 들어온 뒤였다. 알고 지내는 김 박사에게 늦더라도 전하린의 DNA를 분석해 달라고 부탁했다.

컴퓨터 화면에서 윤설이 보낸 사진을 살펴보았다. 윤설의 엄마와 전하린이 외계 이주민센터장실에 나란히 서서 찍은 사진이었다. 7년 전 사진이라고 했으니 두 사람 모두 지금보다 젊은 모습이었다. 전하린은 그때도 지금과 스타일이 비슷했다. 귀밑에 닿는 단발머리에 헐렁한 니트 차림을 하고 있었다. 그러고 보니 전하린은 키가 컸다. 윤설의 엄마도 작은 키가 아닌데 머리 하나가 더 큰

장신이었다. 그들 뒤로 액자 속 행성 사진이 보였다. 커다 랗고 둥근 달이 떠 있는 모습이 드러났다. 조금 떨어진 곳 에 흐릿한 별이 보였다. 그 별은 윤설과 홍아라 외숙모의 말처럼 하나의 작은 점처럼 보였다. 시오는 커서를 움직 여 전자 잡지에 뜬 전하린의 사진을 찾아보았다. 감색 재 킷 안에 흰 블라우스를 입은 상반신의 사진이 떴다. 고개 를 45도 각도로 돌린 모습이었다. 정장 차림을 한 탓인지 전하린은 역시 실물과 달리 몹시 차갑게 느껴졌다. 다시 보니 어쩐지 화가 나 있는 것 같은 표정을 지었다. 시오는 다른 사진들을 더 찾아 모두 파일에 옮겼다. 매체에 뜬 사 진들은 대부분 2,3년 전 모습들이었다.

자리에서 일어나 지구연합 외계인 관리본부 자료 분석 팀 직원에게 걸어갔다. 사진에 나온 전하린의 얼굴을 분 석해 달라고 할 생각이었다.

자료 분석팀 직원은 퇴근이 가까운 시간에도 불평 없 이 사진 파일을 컴퓨터에 다운로드했다. 마이크로센서를 움직이자, 화면에 전하린의 얼굴이 나왔다. 감색 재킷 정 장을 입은 측면 사진이었다. 시오가 말했다.

"오른쪽 볼을 중심으로 살펴 주십시오."

직원은 화면에 눈을 두며 센서를 오른쪽 볼 쪽으로 옮 겼다. 직원이 말했다.

알마, 너의 별은

"글쎄…… 별다른 점은 보이지 않는데요?"

시오는 화면을 뚫어지게 보며 좀 더 확대해 달라고 부탁했다. 직원이 센서를 움직이자 화면에 오른쪽 볼 한쪽 피부가 섬세하게 드러났다. 시오가 조바심을 내며 말했다.

"입에서 귀 있는 부분만 확대해 주세요."

직원이 다시 센서를 움직이자, 화면 가득히 얼굴의 일부분이 드러났다. 피부에는 상처 자국 같은 게 없었다. 깨알 같은 모공만 보일 뿐 상처 흔적은 전혀 보이지 않았다. 직원은 피곤이 가득한 눈으로 시오를 쳐다보며 말했다.

"다시 봐도 별 문제점이 보이지 않아요."

"그렇군요……."

시오는 양손으로 얼굴을 비볐다. 마른 얼굴에서 서걱거리는 소리가 났다. 난감한 얼굴로 직원에게 말했다.

"미안하지만 다른 사진 파일을 다시 한번 띄워 주세요."

직원은 말없이 마이크로센서를 움직였다. 그러자 윤설의 엄마와 함께 찍은 전하린의 모습이 나왔다.

"왼쪽 키 큰 여자분 얼굴을 확대해 주세요."

"여자의 오른쪽 얼굴 말이죠?"

시오가 고개를 끄덕이자, 직원은 조금 전과 같이 전하린의 오른쪽 얼굴 일부를 크게 확대했다. 역시 입술에서 귀까지였다. 직원이 허리를 곧추세우며 말했다.

"어! 이 사진에는 얼굴에 상처 자국이 있어요."

시오는 또렷하게 드러난 길고 가느다란 상처 자국을 뚫어지게 보았다. 직원이 말했다.

"상처를 꿰맨 흔적 같군요. 10센티미터가 넘을 것 같은데요?"

시오는 심장이 세차게 뛰기 시작했다.

"상처를 꿰맨 흔적이 틀림없습니까?"

"네……. 그런 것 같아요. 눈으로는 잘 보이지 않았을 겁니다. 이렇게 확대해 놓으니까 선명하게 보이는군요. 아마 상처가 나고 오랜 시간 방치한 듯합니다. 상처도 꽤 컸던 것 같고요."

"그럼, 앞에 사진에서는 왜 상처가 드러나지 않았죠?"

"아마 피부 이식을 하지 않았을까요? 뭐 다른 사람들 눈에는 보이지 않지만, 본인 눈에는 보였을 수도 있으니까요. 뭐랄까, 옥에 티처럼 말이죠."

시오가 미간에 힘을 주며 말없이 사진에 눈을 두었다. 왜 두 개의 사진이 다르게 나오는지 이유를 알 수가 없었다. 시오가 미안한 얼굴로 직원에게 부탁했다.

"이거 정말 죄송해서 어쩌죠? 저 여자분의 다른 사진을 몇 장만 더 살펴봐 주시겠습니까? 사진이 왜 다르게 나오는지, 그걸 알아내야 수사를 원활하게 진행할 수 있을 것 같아서 말입니다."

직원은 표정이 딱딱하게 굳었다. 시오를 힐긋 올려다보고 나서 파일을 다운로드했다.

"퇴근 시간이 넘었는데, 정말 미안합니다."

시오가 고개를 조아리자 그때서야 직원이 괜찮다고 말했다. 그러나 무뚝뚝한 말투에 시오는 손바닥에 땀이 배었다. 직원은 이제 말하지 않아도 여러 장의 사진을 띄우고 한쪽 얼굴을 확대하기를 몇 차례 반복했다. 모두 전자잡지나 TV 등 매체에 공개된 전하린의 사진들이었다. 그러나 나머지 사진들 속에서 상처 흔적은 보이지 않았다. 시오는 그 이유를 알지 못해 속이 탈 지경이었다.

"두 번째로 분석한 사진 빼고는 모두 상처 흔적이 보이지 않아요. 어, 잠시만요!"

직원이 커서를 움직이며 사진을 자세하게 살피더니 말했다.

"피부 이식을 한 게 맞습니다. 오른쪽 머리카락 속에 수술 자국이 남아 있어요. 머리카락에 가려 육안으로는 보이지 않았겠지만요."

"아, 그렇군요. 정말 감사합니다."

직원에게 거듭 인사를 한 뒤 시오는 외계인 범죄관리

163

국 사무실을 향해 걸어갔다. 걸어가는 내내 머릿속에서 같은 생각이 맴돌았다.

'왜 나중에 피부 이식을 했을까⋯⋯.'

피부 이식을 한 시기가 7년 전 이후였다는 것을 알아냈을 뿐 시오는 그 이유를 알 수 없었다. 매체에 얼굴을 내밀면서 상처 자국이 신경 쓰여 피부 이식을 했을 거라고 짐작할 뿐이었다.

그러나 중요한 건 피부 이식 시기가 아니었다. 7년 전까지 전하린의 얼굴에 상처 자국이 남아 있었다는 것이다. 자료 분석 담당 직원의 말대로 옥에 티처럼. 시오는 자신이 찾은 단서에 갑자기 소름이 끼쳤다. 외계인 수장에게 입이 찢겨진 채 지구로 돌아온 아이, 홍아라. 그 아이가 바로 전하린일지도 모른다는 추측이 거의 맞아떨어졌기 때문이다.

다시 메일함을 열어 보았다. 국과수 김 박사에게선 아직 메일이 오지 않았다. 시오는 이제 개인정보실로 들어가 전하린에 대해 제대로 찾아보기로 마음먹었다. 컴퓨터 검색창에 전하린의 개인번호를 두드리자 여자의 얼굴이 떴다. 그러나 시오가 알고 있는 얼굴이 아니었다. 화면 속 여자는 스무 살쯤으로 보였다. 어깨에 닿는 파마 머리카락이 부스스했고 초점이 없는 눈으로 정면을 바라보고 있었다.

'센터장의 젊은 모습일까······.'

그러나 검은색 직모가 단정하기만 한 전하린의 인상과는 확연히 달랐다. 저 모습은, 오늘 오전 자기 앞에 앉아 있던 그 당차고 생기 넘치는 얼굴이 아니었다. 대대적인 성형수술을 하지 않고는 저렇게 얼굴이 바뀌지 않았을 것이다. 큰 수술을 했다면, 그 또한 이유가 있을지도 모른다는 생각이 들었다.

'전하린의 개인정보 속에 전하린 본인이 아닌 전혀 다른 여자가 있다?'

시오는 또다시 팔뚝에 소름이 돋았다. 자신이 발견한 사실에 처음으로 두려움을 느꼈다. 전하린이 행성 여행 사진을 없앤 일이 떠올랐다. 그 부분에 대해 변명을 늘어놓았으나 아무래도 의도적인 행동 같다는 느낌을 지울 수가 없었다. 뭔가 낌새를 눈치챘는지도 모를 일이었다. 어쩐 일인지 시오에게는 자꾸만 그런 생각이 들었다.

외계인 범죄관리국으로 돌아와 메일함을 열었다. 드디어 국과수 김 박사에게 메일이 와 있었다. 심장박동이 빨라졌다. 떨리는 마음으로 메일을 읽었다. 메일에는 전하린과 홍아라의 DNA가 일치한다고 써 있었다. 예상대로 두 사람은 같은 인물이었다. 순식간에 심장으로 피가 몰린 것처럼 온몸이 뜨거워졌다.

시오는 한동안 미동도 없이 구부정한 자세로 책상 끝에 걸터앉아 있었다. 양손으로 서걱거리는 얼굴을 문질렀다. 바짝 굳은 얼굴이 좀처럼 풀어질 기미를 보이지 않았다. 허공을 응시하며 또다시 메일 내용을 되새겼다.

-전하린과 홍아라의 DNA는 일치합니다…….

시오는 미간을 찌푸린 채 눈을 감았다. 오늘 만난 전하린의 모습이 떠오르면서 가슴 한구석이 저릿거렸다. 전하린은 너무나 불행한 사람이었다. 동시에 그녀는 더할 나위 없이 악랄했다.

알마, 너의 별은

19

지구연합 외계인 관리본부 출입구를 들어서자마자 시오는 곧장 국장실로 향했다. 증거 자료를 저장한 스마트 링크를 내밀자, 서 국장이 시오를 빤히 보며 물었다.

"이게 뭔가?"

시오는 초췌한 낯빛을 한 채 대답했다.

"외계 이주민센터장 전하린에 대한 증거 자료들입니다. 그동안 그 여자에 대해 조사를 했습니다. 전하린의 계좌번호를 추적할 수 있게 해 주십시오."

서 국장은 펄쩍 뛰었다.

"외계 이주민센터장 전하린의 계좌를 추적해 달라니! 클론을 사주한 놈을 찾아 혼자 사방으로 뛰어다니는 줄 알았는데, 갑자기 웬 민간인 계좌를 추적해 달라는 건가?"

그러고 나서도 서 국장은 막무가내였다.

"민간인 계좌를 함부로 추적하다 발각되는 날엔 우리 경찰 위신이 바닥으로 떨어져. 그걸 모르는 건 아니지?"

시오가 자신 있게 대답했다.

"잘 알고 있습니다. 그리고 이건 행방불명된 홍아라와도 관련된 일입니다."

"뭐, 홍아라와 관련된 일이라고?"

"네, 그렇습니다."

시오는 서 국장에게 그동안 조사한 내용에 대해 설명했다. 오래전 아버지를 따라 발크란 행성에서 변을 당한 홍아라가 지금은 전하린이라는 이름으로 외계인 인권운동가로 활동하고 있다고. 그리고 전하린은 이십여 년 전 행방불명된 노숙자의 개인번호를 사칭했다고 말했다. 처음에 서 국장은 그 말을 믿지 않았다. 그러나 시오가 내미는 증거 자료들을 보고 나서 고개를 끄덕였다.

"의심할 만한 정황이군. 근데 전하린의 계좌 추적을 뭣때문에 하려는 거지? 전하린이 신분을 속인 게 중범죄는 아니지 않나?"

시오는 자신이 준비한 계획에 대해 설명했다.

"전하린이 외계인들과 접촉하기 위해 외계 이주민센터를 시작한 게 아닐까, 하는 의혹이 들었습니다. 때문에 이번 외계인 알마 사건에도 개입했을 가능성이 큽니다. 클론을 사주한 인물일 가능성 말입니다. 전하린의 계좌를 추적하면 어떤 단서가 나올 것 같습니다."

서 국장이 눈살을 찌푸렸다.

"그건 비약일 수 있어. 증거 자료를 보면, 전하린이 홍희철 외교대사의 딸이라는 건 확실해. 하지만 그 여자가 클론 사주와 관련 있다는 건 자네의 억측일 수 있지 않나?"

"그걸 알아내기 위해 전하린의 계좌를 추적해야만 합니다."

시오는 숨을 크게 내쉬고 나서 계속 말했다.

"전하린의 계좌를 추적하고 나서 결정적인 단서가 드러나면, 그때 경찰을 동원해 주십시오. 박영모를 체포할 수 있게 말입니다."

서 국장은 잠시 침묵한 뒤 더는 못 말리겠다는 얼굴로 말을 꺼냈다.

"알았네. 전하린의 계좌를 추적할 수 있도록 힘써 보겠네. 그렇지만 박영모를 체포할 수 있을지는 장담할 수 없네. 박영모는 불여우 같은 놈이야."

"박영모를 반드시 체포하도록 하겠습니다!"

"허!"

서 국장이 마땅치 않은 듯 한숨을 내쉬었다. 그러고 나서 국장실을 나가는 시오를 불러 세웠다.

"강시오 경관."

"넵!"

서 국장은 불안한 눈빛으로 시오를 바라보았다.

"자네 뒷모습이 강 형사를 빼닮았어. 헷갈릴 정도로 말이야. 내 말은 너무 무리하지 말라는 말일세. 알아들었나?"

시오가 넵! 부동자세로 대답하고 나서 고개 숙여 인사했다. 마침내 서 국장을 설득했다는 생각에 기뻤으나 웃음이 나오지 않았다. 온몸의 근육이 마비된 것처럼 몹시 긴장한 탓이었다.

국장실을 나온 뒤 시오는 자료 분석실로 들어갔다. 지난번에 사진을 분석해 준 직원은 휴무였다. 이번에는 팀장의 도움으로 전하린의 계좌를 추적했다.

십여 분이 지나자 팀장이 말했다.

"경관님, 전하린의 계좌 출입금 내역이 모두 떴습니다."

시오가 팀장 곁으로 다가가 화면을 바라보았다. 수없

이 많은 일자의 내역들이 보였다. 계좌번호는 분기별로 달랐다. 전하린은 6개월 단위로 통장 계좌를 바꿨다.

"잠시 제가 좀 살펴보겠습니다."

시오는 팀장이 앉았던 의자에 앉아 화면을 살펴보았다. 최근 내역을 샅샅이 살펴보다 갑자기 목소리를 높였다.

"이거 수상한데!"

조금 떨어진 곳에 서 있던 팀장이 시오를 곁눈질했다.

시오는 떨리는 마음으로 다시 5월 전하린의 입출금 내역을 살펴보았다. 부다페스트 은행으로 거액의 돈이 송금되었다. 수취인 역시 '리마'라는 외국계 이름이었다. 시오가 팀장을 향해 외쳤다.

"팀장님, 수취인이 좀 수상합니다. 이걸 좀 확인해 주십시오."

팀장이 성큼성큼 걸어왔다. 의자에 앉아 능숙한 손놀림으로 컴퓨터 커서를 움직였다. 다시 십여 분의 시간이 흘렀다. 팀장이 시오에게 말했다.

"부다페스트 은행에 통장을 가지고 있는 리마라는 사람은 한국인입니다."

"그 사람이 누굽니까?"

팀장이 화면에서 눈을 돌려 시오를 쳐다보며 말했다.

"박영모라는 남자의 통장입니다."

순간, 시오는 어금니를 질끈 깨물었다. 등줄기를 타고 강한 전류가 흐르는 것 같았다. 시오는 길고 긴 숨을 내쉬었다.

"이제 모든 증거를 다 찾아냈습니다. 고생하셨습니다."

전하린과 박영모의 연결고리를 찾는 데 두 달의 시간이 흘렀다. 생각보다 빠른 진행이었으나 커다란 걸림돌이 있었다. 모습을 감춘 박영모를 어떻게 체포할 수 있을지, 아무리 생각해도 방법이 떠오르지 않았다. 박영모는 거주지를 수시로 옮기고, 변장술에 능해 좀처럼 본인의 모습을 드러내지 않는 것으로 유명했다.

시오는 조사 자료를 모두 외계인 범죄관리국 팀장에게 넘겼다. 오후까지 전하린과 박영모 체포 건을 두고 국장실에서 회의를 하는 중이었다.

늦은 오후가 되자, 상부에서 지시가 내려왔다. 뜻밖에도 전하린의 체포를 미루라는 지시였다. 만반의 준비를 하고 있던 시오는 어처구니가 없었다.

"아니 뭣 때문에 미뤄야 합니까?"

시오의 불만 섞인 물음에 외계인 범죄관리국 팀장이 말했다.

"전하린을 체포하면 박영모가 더 깊숙이 은둔할지도 모른다는 우려 때문이야. 그놈은 이번에도 연기처럼 사

알마, 너의 별은

라져 버릴 거라고. 감쪽같이 변장을 하고 말이지. 강 경관이 기껏 찾은 증거를 무용지물로 만들어 버리면 곤란하지 않겠어?"

시오는 피가 거꾸로 솟구치는 것 같았다. 전하린이 뭔가 낌새를 맡은 게 분명한데 체포를 미루라니. 그녀가 도망이라도 칠까 봐 잔뜩 조바심이 났다. 시오가 팀장을 향해 말했다.

"박영모 건을 미루더라도 먼저 전하린을 체포해야만 합니다!"

시오의 다그침에 팀장이 날이 선 목소리로 대꾸했다.

"아, 진짜 답답하네! 윗선에서 기다리라고 하잖아!"

팀장이 눈을 부릅뜨며 시오를 노려보았다. 시오는 어금니를 질끈 깨물며 사무실을 나왔다. 얼음 넣은 탄산수 한 잔을 단숨에 들이켰으나 화가 가라앉지 않았다. 그러기는커녕 신경이 더욱 날카로워졌다.

복잡한 마음에 복도를 서성이다 알마에게 콜 신호를 보냈다. 연달아 두 번을 보냈으나 알마는 콜을 받지 않았다. 공연 준비 때문에 여념이 없을 거라고 생각했다. 그러나 한 시간 뒤 다시 신호를 보내도 대답이 없자 찜찜한 기분이 들었다. 윤설에게 콜 신호를 보내 물었다.

"알마 지금 체육관에 있냐? 왜 콜을 안 받아!"

그러자 윤설이 말했다.

"어! 오늘 오후 연습 쉬기로 했는데. 알마는 지금 무용수들하고 외계 이주민센터에 있을걸. 센터장님이 저녁 식사를 대접하기로 했대."

"뭐, 저녁 식사?"

윤설은 놀란 눈으로 시오를 바라보았다. 화면에 뜬 시오의 얼굴이 핏기 하나 없이 창백해져 버렸기 때문이다.

"알마한테 그 얘기 못 들었니?"

시오는 급한 마음에 말을 더듬었다.

"그, 그 얘긴 못 들었어. 그럼, 지금 알마가 전하린 센터장하고 같이 있는 거냐?"

"아마 그럴 거야."

시오가 갑자기 소리를 질렀다.

"이런!"

시오는 입술을 바르르 떨었다. 더 이상 상부의 지시를 따라서는 안 된다는 생각이 들었다. 전하린이 서둘러 무용수들을 외계 이주민센터로 불러들인 게 너무나 불길했다. 공연이 일주일밖에 남아 있지 않았다. 무용수들이 연습에 완전히 몰두해야 할 시기였다. 그런데 느닷없이 저녁 식사를 대접하다니. 시오는 튕기듯 밖으로 뛰어나갔다.

20

저녁 6시가 조금 지나고 있었다. 그 시간, 알마는 2층 외계 이주민센터장실 창을 통해 마당을 내다보았다. 축 늘어진 나뭇가지에 매달린 열매들이 거무죽죽하게 말라 있었다. 마당은 완연한 겨울빛을 띠었다. 나뭇잎들도, 군데군데 무리 지어 자라 있던 잡초들도 모두 빛을 바랬다. 알마는 낮은 담벼락에 눈을 두었다. 뭔가 허전한 기분이 들었다. 그러고 보니 두어 달 전에 봤던 꽃들이 모두 없어졌다. 저절로 눈길이 가닿았던 빨간 꽃봉오리뿐만 아니라 꽃대도 흔적 없이 사라져 버렸다.

"참 예쁜 꽃이었는데……."

알마는 중얼거리며 1층 간이 부엌에서 나는 소리에 귀

를 기울였다. 아까부터 전하린 센터장이 부엌에서 요리를 하고 있었다. 아르파라인들이 좋아하는 소고기 스튜라고 했다. 소고기를 푹 고아 낸 국물에 각종 버섯과 채소와 좁쌀을 넣고 끓인 죽이었다. 점심을 먹지 않은 탓에 알마는 배가 몹시 고팠다. 사실은 점심을 먹을 새가 없었다. 갑작스레 외계 이주민센터로 와 달라는 전하린 센터장의 전화를 받고 나서 공연 연습에 몰두한 탓이었다. 알마는 오늘 채우지 못한 연습량을 채워야 한다고 무용수들을 다그쳤다.

"오늘 저녁은 좀 쉬어요. 그러다 정말로 다들 병나겠어요."

전하린 센터장이 전화를 걸어 특유의 단정한 목소리로 말했다. 그러나 알마는 내키지 않았다. 공연이 일주일밖에 남지 않아 다들 몹시 예민한 상태였다. 때문에 전하린 센터장의 초대를 정중하게 거절했다.

"호의는 감사하지만 저희가 지금 너무 바빠서 곤란할 것 같습니다."

그러나 전하린 센터장은 물러서지 않았다. 그녀의 목소리에 절박함 같은 것이 묻어났다.

"너무 서운하군요. 오늘 꼭 이곳에 들렀으면 했는데……."

알마, 너의 별은

"죄송합니다."

전하린 센터장이 재빨리 말했다.

"소고기 스튜를 준비하고 있어요. 아르파라인들이 아주 좋아하는 음식이라고 들었거든요. 이 많은 재료들을 다 어쩐다지……."

그리고 나서 전하린 센터장은 난생처음 남에게 음식을 만들어 먹일 생각이었다고 허탈하게 말했다. 그 말에 알마는 더 이상 전하린 센터장의 초대를 거절할 수가 없었다. 그녀의 정성 어린 마음에 감동을 받았기 때문이었다. 솔직히 알마는 전하린 센터장이 늘 어려웠다. 자신을 눈여겨보고 있다는 느낌이 마음에 부담을 주었기 때문이다. 그렇지만 훌륭한 사람이라는 건 인정했다. 자신과 같은 외계인을 위해 헌신하는 지구인은 극소수에 불과하다는 사실을 알고 있어서였다.

1층으로 내려가자 소미르는 완전히 신이 난 얼굴을 하고 있었다. 전하린 센터장 곁에 딱 붙어 서서 유쾌하게 떠들어 댔다.

"알마, 소고기 스튜 냄새 정말 끝내주지 않니?"

알마는 살짝 미소를 지었다. 전하린 센터장이 곁눈질로 알마를 바라보았다. 펄펄 끓어오르는 수증기 때문에 눈이 매운지 전하린 센터장의 눈가가 발그스레했다.

"저, 맛 한 번 봐도 괜찮아요?"

소미르도 배가 몹시 고플 터였다. 소고기 스튜 냄비를 내려다보며 묻자 전하린 센터장이 정색을 하며 대꾸했다.

"아니, 아직 안 돼요!"

소미르는 무안한지 전하린 센터장의 얼굴을 멀뚱히 쳐다보았다. 전하린 센터장이 멋쩍은 얼굴로 말했다.

"알맞게 식어야 제맛이 나거든요. 이것 좀 봐요. 희멀건 국물이 마치 마그마처럼 끓고 있잖아요."

소미르가 씩 웃었다. 그러나 전하린 센터장의 얼굴은 여전히 굳어 있었다. 어쩐 일인지 긴장한 낯빛이 역력했다. 분위기를 누그러뜨릴 생각인지 소미르가 너스레를 떨었다. 전하린 센터장을 향해 허리를 90도 각도로 숙이며 인사했다.

"앞으로 저희를 이곳에서 살게 해 주셔서 감사합니다. 은혜를 꼭 갚을게요."

그제야 전하린 센터장의 입가에 미소가 떠올랐다. 알마는 소미르를 보며 고개를 저었다. 언제 어디서나 붙임성이 좋은 친구였다. 게다가 그 누구보다 상황 판단력이 뛰어난 친구였다. 알마는 그런 소미르를 언제나 믿고 의지했다.

"자, 이제 거의 다 됐어요. 모두 내려와요."

알마, 너의 별은

전하린 센터장이 2층으로 향하는 계단을 올려다보며 상냥하게 외쳤다. 조금 있자 무용수들이 가벼운 발걸음으로 계단을 뛰어 내려왔다.

"아, 냄새가 너무 좋아요!"

무용수들이 입을 모아 외쳤다. 그러고는 무용수 특유의 가벼운 발놀림으로 외계 이주민센터 이곳저곳을 기웃댔다. 그때까지 알마는 쓸쓸한 빛이 감도는 겨울 마당에 눈을 두고 있었다. 조금 있자 무용수 한 명이 알마에게 다가와 가방을 건네주며 말했다.

"너한테 계속 콜이 들어오고 있어."

알마는 스마트링크를 가방에 넣어 두었다는 생각이 떠올랐다. 가방에서 스마트링크를 꺼냈다. 세상에! 시오에게서 수없이 많은 전화와 문자가 와 있었다. 알마는 2층으로 향하는 계단 쪽으로 걸어갔다. 센터장실에서 시오와 통화할 생각이었다.

그러나 조금 지나지 않아 또다시 시오에게 콜 신호가 왔다. 웬일로 시오는 홀로그램 창을 띄우지 않았다. 다급함이 묻어나는 목소리로 물었다.

"알마, 옆에 전하린 센터장 있니?"

"아니, 아래층에서 요리하고 계셔."

"그럼, 아무 말 하지 말고 듣기만 해."

시오는 다짜고짜 그렇게 말했다. 알마는 잠시 머뭇거리다 대답했다.

"으응."

시오가 단호한 말투로 말했다.

"지금부터 전하린 센터장을 조심해야 돼. 전하린 센터장이 내주는 어떤 음식도 먹어선 안 되고, 그 여자를 자극하는 행동도 하지 마."

알마가 참지 못하고 물었다.

"그게 무슨 소리야?"

"알마, 아무것도 묻지 말고 내 말 듣고 시키는 대로 해줘. 제발 부탁한다."

시오는 가쁘게 숨을 내쉬며 다시 말했다.

"전하린 센터장이 너희들을 해코지하려고 하고 있어!"

"해코지라니?"

"죽일지도 모른다고!"

"뭐라고? 왜?"

"설명하려면 길어. 중요한 건 그 여자가 오늘 밤 너희들을 모두 없앨 계획을 꾸미고 있다는 거야. 그 여자는 제정신이 아니야. 그것만 기억하면서 날 기다리고 있으면 돼. 지금 경찰 출동을 계속 요청하고 있으니까 곧 그곳으로 갈 거야."

알마, 너의 별은

시오는 다급하게 전화를 끊었다. 알마는 눈앞이 캄캄했다. 도대체 어떤 상황이 벌어지고 있는지 가늠할 수가 없었다. 심장이 세차게 요동쳤다. 손바닥이 아플 정도로 주먹을 꽉 쥐고 있다는 사실을 깨닫고 나서야 비로소 손에서 힘을 뺐다.

알마는 멍하니 마당을 내다보았다. 또다시 시오의 말이 떠올랐다. 전하린 센터장이 너희를 죽일지도 모른다고! 그 말이 귀 속에서 쟁쟁 울려 퍼졌다. 온몸에 소름이 끼치고 여전히 가슴이 떨렸다. 그러나 정신을 차려야 한다고 마음을 다잡았다. 알마는 무용수들에게 스마트링크로 단체 문자를 보냈다.

조금 뒤 알마는 다시 1층으로 내려왔다. 전하린 센터장은 무용수들의 도움을 받으며 식탁을 차리는 중이었다. 무용수들은 소고기 스튜 냄새가 좋다고 떠벌렸으나 알마와 눈이 마주치자 슬그머니 눈을 피했다. 알마가 보낸 문자를 모두 확인했다는 뜻이었다.

"자, 맛있게 드세요."

무용수들이 감사히 먹겠다고 인사했다. 전하린 센터장은 요리대 근처를 서성이며 그들을 곁눈질하고 있었다. 이제 무용수들은 긴장한 낯빛을 감추지 못했다. 소미르가 과장되게 들뜬 목소리로 전하린 센터장에게 말을 걸었다.

"센터장님은 왜 안 드세요?"

전하린 센터장이 말했다.

"요리하면서 두 그릇은 먹은 것 같아요. 간을 보느라고 말이죠. 배가 너무 불러 도무지 더 먹을 수가 없어요."

전하린 센터장은 과일이 가득 담긴 바구니를 식탁 위에 내려놓은 뒤 무용수들을 한 명 한 명 눈여겨보았다. 알마는 그녀의 눈을 피하지 않고 똑바로 보았다. 전하린 센터장의 얼굴은 초조해 보였으나 어딘지 들떠 있는 듯 보였다. 열이 들어찬 눈동자가 발갛게 번들거렸다.

"나는 좀 씻어야겠어요. 보시다시피 땀을 너무 많이 흘렸어요. 자, 그럼 맛있게들 들어요."

전하린 센터장은 말을 마치고 난 뒤 2층 계단을 향해 올라갔다.

그녀가 눈앞에서 사라지자 무용수들은 모두 깊은 숨을 내쉬었다. 불안한 눈빛을 주고받다가 모두 알마를 바라보았다. 알마는 아랫입술을 깨물며 테이블 의자에 앉아 스마크링크를 확인했다. 저녁 7시 10분이었다. 그러나 시오에게는 아직 아무런 연락이 없었다.

"좀 더 기다려 보자."

차분함을 잃지 않은 얼굴로 자그맣게 속삭였다. 알마

알마, 너의 별은

는 시오가 반드시 올 거라고 믿었다. 아르파라인 무용수들이 자신을 믿고 따르는 것처럼 자신도 시오의 말을 믿고 따랐다. 그러나 이대로 시간이 좀 더 지나면, 자신의 마음도 어떻게 변할지 알 수가 없었다. 지금도 순간순간 누군가가 목을 조르는 것처럼 숨 쉬기가 힘들었다. 감금실에서 나온 지 겨우 한 달이 지나자 또 다른 지독한 상황이 눈앞에 펼쳐졌다. 독약이 들었을지도 모르는 음식이 앞에 놓여 있었으나, 자신들을 구출하겠다는 경찰들은 코빼기도 보이지 않았다. 희멀건 이 음식을 먹지 않고 버틴다면 전하린은 어떻게 나올까? 알마는 이런 상황이 너무나 공포스러웠으나 냉정해지려고 안간힘을 썼다.

갑자기 센터장실에서 음악 소리가 흘러나왔다. 전하린 센터장이 자주 틀어 놓곤 하던 첼로 독주였다. 그 소리에 무용수들은 벼락이라도 맞은 것처럼 진저리 쳤다. 갑작스러운 음악 소리에 크게 놀란 것이다. 나직하면서 경건한 음악 소리에 알마는 더 큰 공포가 밀려들었다.

첼로 연주가 절정에 다다랐다. 그때까지 경찰은 오지 않았고, 알마의 스마트링크에 단체 문자가 들어왔다. 맞은편에 앉아 있는 무용수한테서였다.

–알마, 뭔가 오해하고 있는 것 아니니? 센터장님은 언제나 우리에게 호의적인 사람이었잖아.

그러자 또 다른 무용수가 문자를 보냈다.

-나도 그 말에 동감해. 센터장님은 우릴 죽이려고 하는 분이 아니
야. 오히려 그 반대지.

알마가 떨리는 손으로 문자를 보냈다.

-아니, 난 시오를 믿어. 괜한 소리를 하는 애가 절대로 아니야.

무용수들은 여전히 의혹이 가득한 눈빛을 했으나 더
이상 의견을 내지 않았다. 알마는 깊은 수렁에 빠진 것만
같았다. 초조한 마음이 들어 무용수들에게서 눈길을 돌
리는 순간이었다.

계단 끝에 전하린 센터장이 서 있었다. 눈이 마주치자,
알마는 자기도 모르게 몸을 움찔했다. 전하린 센터장은
혼이 나간 사람처럼 보였다. 발갛게 번들거리는 눈으로
자신들을 쏘아보는 전하린 센터장은 사람의 모습이 아니
었다. 금방이라도 자신들을 집어삼킬 듯한 그 모습은 한
마리 맹수 같았다.

알마, 너의 별은

2I

"왜 안 먹고 있죠?"

전하린 센터장이 딱딱하게 굳은 얼굴로 말했다. 그녀의 계획대로라면 아홉 명의 무용수들은 소고기 스튜를 먹고 모두 죽어 있어야 했다. 창자가 녹아내리는 고통에 몸부림치다 피를 토하며 죽어 있는 게 마땅했다. 그러나 아홉 명의 무용수들은 허리를 꼿꼿이 세운 자세로 테이블 앞에 앉아 있었다. 소고기 스튜에는 손도 대지 않은 채였다.

알마가 전하린 센터장의 눈을 똑바로 보며 강단 있게 말했다.

"저희는 이 음식을 먹을 수 없어요!"

전하린 센터장은 눈에 띄게 어깨를 떨었다. 창백한 얼굴은 금방이라도 기절할 것처럼 보였다. 하지만 발간 눈동자만큼은 강렬한 빛을 내며 무용수들을 쏘아보았다.

"왜죠?"

전하린 센터장이 기가 막힌다는 듯 물었다. 무용수들은 겁에 질린 얼굴로 알마와 전하린 센터장을 번갈아 보았다. 알마가 눈에 힘을 주며 말했다.

"당신이 내준 음식을 먹지 말라는 경찰의 제보가 있었어요."

전하린 센터장이 허공을 향해 짧은 한숨을 내쉬었다.

"흠. 강시오 경관이군요. 알마, 강 경관이 뭐라고 하던가요? 설마 내가 독을 넣은 음식을 당신들한테 줄 거라고 말하던가요? 정말 그랬어요?"

알마가 어금니를 질끈 깨물었다. 전하린 센터장이 서운함이 가득 밴 얼굴로 말했다.

"정말 실망이군요. 어떻게 나에 대한 믿음이 그것밖에 안 되죠? 내가 당신들 같은 행성인들을 위해 헌신한 시간이 얼마나 되는 줄 알아요?"

그렇게 말하고 나니 전하린 센터장은 정말로 감정이 복받쳐 눈시울을 붉혔다. 조금 뒤 흘러내리는 눈물을 손으로 닦으며 체념하듯 말했다.

알마, 너의 별은

"그래요, 먹지 말아요. 독이 들었다고 생각한다면 절대로 먹어선 안 되죠."

그 순간, 알마 옆자리에 앉은 무용수가 어렵게 말을 꺼냈다.

"아니요, 저는 센터장님을 믿어요. 스튜 먹을 거예요."

그러자 다른 무용수들도 알마의 눈치를 살피며 숟가락을 집어 들었다. 전하린 센터장의 입가에 웃음이 번졌다. 알마가 무용수들을 향해 질린 얼굴로 외쳤다.

"안 돼! 먹지 마!"

전하린 센터장이 눈을 부릅뜨며 알마 곁으로 다가왔다. 그러고는 느닷없이 옆자리에 앉은 무용수의 목을 움켜잡으며 칼을 들이댔다. 알마와 다른 무용수들이 비명을 지르며 자리에서 물러났다. 전하린 센터장이 낮은 목소리로 말했다.

"다들 자리에 앉아 스튜를 먹어. 안 먹으면 이 여자애 목을 칼로 찔러 버릴 거야. 그러길 원하지 않으면, 어서 스튜를 먹어. 어서 퍼먹으라고!"

알마는 단번에 전하린 센터장의 말을 받아쳤다.

"안 돼! 저 음식을 절대로 먹어선 안 돼!"

전하린 센터장이 이를 악물며 무용수의 목에 칼끝을 찔렀다. 무용수의 가느다란 목에서 피가 흘러내리고 있었다. 그 순간이었다. 알마가 전하린 센터장에게로 몸을 던졌다. 전하린 센터장은 칼을 움켜잡은 채 발악했고, 알마는 있는 힘을 다해 무용수한테서 전하린 센터장을 떼어 내려고 몸부림쳤다. 다른 무용수들도 모두 전하린 센터장에게 덤벼들었다. 그러나 그 많은 무용수들도 악에받쳐 초인적인 힘을 내는 전하린 센터장을 제어하지 못했다. 칼끝이 무용수의 목 깊숙이 파고들었다. 목이 찔린 무용수는 고통과 공포에 온몸을 떨며 울었다. 알마는 죽을힘을 다해 다시 한번 전하린 센터장에게 달려들었다. 전하린 센터장이 몸을 휙 돌리며 날이 시퍼런 칼을 알마를 향해 휘둘렀다. 가까스로 칼을 피한 알마가 뒤로 물러서며 나동그라졌다. 전하린 센터장은 알마를 보며 웃었다. 시오의 말이 맞았다. 전하린은 미친 여자였다. 알마는 동공이 풀린 전하린 센터장의 눈을 보며 공포에 휩싸이고 말았다. 전하린 센터장이 알마를 향해 칼끝을 들이미는 순간이었다. 소미르가 주먹을 꽉 쥐며 외쳤다.

"알마, 정신 차려!"

알마가 겁에 질린 얼굴로 전하린 센터장과 소미르를 번갈아 보았다. 전하린 센터장은 미치광이 같은 모습으로 자신에게 덤벼들었고, 소미르는 눈을 부릅뜨며 또다시 외쳤다.

알마, 너의 별은

"알마, 일어나! 어서!"

그 외침과 동시에 알마가 몸을 일으켰다. 그 짧은 순간 알마의 머릿속으로 아르파라 행성이 떠올랐다. 아르파라의 아름다운 풍경들과 가족들과 친구들과 안무가 선생님……. 사무칠 정도로 그리운 그 모습들이 강렬한 빛처럼 머릿속을 스치고 지나갔다.

'그래, 정신 차려야 해! 이렇게 죽을 수 없어!'

알마가 속으로 외쳤다. 그러고는 바짝 다가오는 전하린 센터장의 복부를 있는 힘껏 한 발로 걷어찼다. 전하린 센터장이 칼을 움켜쥐고 벽면으로 꼬꾸라졌다. 자리에서 일어서지 못한 채 신음소리를 냈다. 맥없이 꼬꾸라진 중에도 무용수들을 노려보며 외쳤다.

"이 망할 것들! 왜 스튜를 먹지 않았어? 왜!"

그때였다. 현관문 쪽에서 후다닥 거친 발자국 소리가 났다. 이윽고 경찰 서너 명이 전하린 센터장 쪽으로 달려왔다. 제복 경찰들이 전하린 센터장을 향해 총을 겨누며 외쳤다.

"움직이지 마!"

전하린 센터장은 쉴 새 없이 눈알을 굴렸다. 자신의 목에 칼끝을 들이대며 새된 소리를 내질렀다.

"죽어 버릴 거야! 가까이 다가오기만 해 봐!"

경찰들은 총을 겨누며 엉거주춤한 자세로 전하린 센터장을 주시했다. 반드시 생포하라는 상부의 지시 때문에 함부로 다가설 수가 없었다. 전하린 센터장이 이제 한쪽으로 물러서 있는 무용수들을 향해 외쳤다.

"왜 스튜를 먹지 않았냐고? 왜?"

실핏줄이 터진 눈자위가 온통 새빨개졌다. 수십 개로 금이 간 유리알 같은 눈알을 쉴 새 없이 굴렸다. 그 모습은 마치 불지옥에 떨어진 악귀가 어떻게든 살아남으려고 발버둥 치는 것 같았다. 전하린 센터장이 식칼을 자신의 턱밑으로 가져갔다. 마침내 자신의 목에 칼끝이 닿는 순간이었다.

계단 옆 벽면에 서서 이를 지켜보던 시오가 재빨리 전하린 센터장에게 달려들었다. 그녀의 팔을 잡아채 등 뒤로 꺾었다. 전하린 센터장은 칼을 떨어뜨리지 않으려고 몸부림쳤다. 그러나 곧 바닥으로 둔탁한 소리를 내며 식칼이 떨어졌다. 경찰들이 우르르 몰려와 전하린 센터장의 손목에 수갑을 채웠다.

경찰들에게 끌려가면서도 전하린 센터장은 발악했다. 무용수들을 향해 이를 갈며 외쳤다.

"더럽고 악랄한 외계인들을 추방하라!"

알마는 창 너머로 경찰차 안에 갇힌 전하린 센터장의

알마, 너의 별은

얼굴을 지켜보았다. 전하린 센터장은 경찰차 안에서도 끊임없이 외쳐 댔다. 추악한 외계인을 지구에서 추방해야 한다고.

알마는 전하린 센터장이 사라질 때까지 그녀한테서 눈을 떼지 못했다. 말할 수 없이 참담한 기분이 들었다. 조금 전에 시오가 말했다. 전하린이 바로 홍아라였다고. 그녀가 외계 이주민센터를 운영하는 이유는 외계인에 대한 복수심 때문일 거라고 했다. 그 소리를 듣고 알마는 겁에 질려 버렸고 모든 것이 혼란스러웠다. 알마는 또다시 깊은 절망에 빠지고 말았다.

전하린은 구금됐다. 증거인멸과 도망갈 우려가 있다는 판단하에 재판 과정 없이 구속됐다. 경찰은 약식 심문을 하고 나서 전하린을 감금실에 가뒀다. 그러고는 CCTV를 통해 수시로 감시했다. 그녀가 자살할지도 모른다는 우려 때문이었다. 전하린은 어깨를 축 늘어뜨린 채 멍한 눈으로 허공을 응시하고 있었다.

시오의 예상대로 소고기 스튜 안에서 독극물이 나왔다. 마약이 대량 검출됐다고 들었다. 마약은 미나바르 행성에서만 자란다는 암브로시안 열매였다. 지난번에 시오는 서국장에게 암브로시안 꽃과 열매에 대한 이야기를 들었다. 아울러 아빠가 어떻게 돌아가셨는지도 알게 됐다. 강력한

효과 때문에 암브로시안 열매에서 나오는 즙을 2ml만 먹어도 죽음에 이른다고 했다. 전하린은 행성 여행 중에 만난 외계인을 통해 암브로시안 열매를 샀고, 그 열매를 외계 이주민센터 마당에서 키웠노라고 자백했다.

시오는 전하린을 심문하고 나온 선배 경관에게 그동안 궁금했던 물음을 던졌다.

"전하린이 어떻게 박영모하고 접촉했답니까?"

경관이 기가 차다는 듯 대답했다.

"클론을 사려고 P-14구역에서 서성이다가 박영모 끄나풀들을 만났대."

"그래요? 좀 더 자세히 좀 말씀해 주십시오."

경관이 다그치는 시오를 힐긋 보더니 말했다.

"P-14구역에 기계 손 영감이라는 자가 산대. 클론 장기매매업자라고 소문이 났지만, 그 영감은 클론들한테 일수 돈을 받아 오게 하면서 사는 잔챙이였대. 기계 손 영감 집에서 나오는 자신을 보고 박영모 부하들이 다가와 말을 걸었다고 했어. 클론 장기를 사러 왔냐고 넌지시 물었대. 그래서 전하린이 그렇다고 대답했다는 거야."

시오는 고개를 끄덕이고 나서 물었다.

"그렇다면 전하린은 박영모를 직접 봤답니까?"

"아니, 자기도 박영모를 보지 못했다고 했어. 신원 파악을 해야 한다고 해서 약속 장소에 나갔지만, 만난 사람은 박영모가 아니라 그의 부하였대. 박영모, 그자가 그렇게 호락호락 모습을 드러낼 리가 없지."

"그렇군요."

"이번에도 박영모를 잡기는 틀렸어. 그놈은 괴물이야, 괴물!"

선배의 푸념에 시오는 고개를 끄덕였다. 경관의 말대로 박영모를 잡기가 정말 어려울지도 모를 일이었다. 박영모를 봤다는 증언들은 알고 보면 거짓이거나 다른 인물을 착각한 경우가 대부분이었다.

조금 뒤 시오는 사무실에서 나왔다. 자신은 내일 전하린을 심문하면 될 것 같았다. 사실 전하린의 진술이 없어도 상황은 바라던 대로 돌아갈 것이다. 명확한 증거가 있기에 전하린은 꽤 높은 형량을 선고 받을 것이다. 전하린의 심문은 절차상의 과정에 불과했다. 그러나 시오는 전하린을 만나고 싶었다. 전하린이 왜 그런 짓을 했는지, 그 이유를 그녀의 입을 통해 직접 듣고 싶었다.

22

　서둘러 퇴근하려고 할 때였다. 야근하는 경관이 시오
에게 콜 신호를 보냈다.
　"무슨 일이십니까?"
　시오의 물음에 경관이 말했다.
　"전하린이 강 경관을 만나고 싶다고 합니다. 지금 당장
만나게 해 달라고 발악을 하고 있대요."
　시오는 막 입은 점퍼를 벗었다. 잠시 생각하고 나서 감
금실을 향해 걸어갔다.
　전하린은 지난번 외계 이주민센터에서 마주칠 때와 완
전히 다른 모습을 하고 있었다. 생기를 잃은 눈으로 시오
를 보더니 틱장애를 앓는 사람처럼 규칙적으로 눈을 깜박

　　　　　　　　　　　알마, 너의 별은

거렸다. 그 모습을 보고 있으니 시오는 큰 돌덩이가 들어 있는 것처럼 가슴이 답답했다. 전하린은 예기치 못한 불행으로 인해 스스로 모든 인생을 망가뜨린 사람이었다.

"전하린 씨, 저를 보자고 했다면서요?"

시오의 물음에도 전하린은 말이 없었다. 초점이 흐린 눈빛을 하고 있었으나 더 이상 눈을 깜박이지는 않았다. 조금 뒤 착 가라앉은 목소리로 말을 꺼냈다.

"강시오 경관은 외계인 알마의 남자친구라고 했죠?"

느닷없는 물음에 시오는 아무런 반응을 보이지 않았다. 전하린이 콧소리를 내며 웃었다.

"알마는 좋겠어요. 똑똑하고 우직한 지구인 남자친구를 곁에 두고 있어서……."

시오가 물었다.

"전하린 씨, 지금 무슨 말을 하고 싶은 겁니까?"

전하린은 시오를 빤히 바라볼 뿐 대답을 미뤘다. 눈빛에 힘이 들어갔다. 정신을 차리려고 스스로도 안간힘을 쓰는 듯 보였다. 조금 뒤 전하린이 이야기를 꺼냈다. 뜻밖에도 그녀의 눈빛이 애잔해졌다.

"그날은 두 개의 달이 떠오르는 밤이었어. 발크란 행성으로 간 우리 일행은 한 시간 뒤에 외계 수장을 만나기로 했어. 그래서 모두들 마음이 들떠 있는 상태였지. 외계 수장에게 손잡이에 나비 문양이 새겨진 청동 칼을 선물할 예정이었어. 그때까지 나는 밤하늘 광경에 푹 빠져 있었어. 두 개의 달이 떠오르는 밤하늘이라니! 지구에서는 상상도 할 수 없는 그 신기한 광경을 눈으로 보고 있었으니까. 아빠를 따라 발크란 행성으로 오길 정말 잘했다고 생각했어. 지구로 돌아가면 친구들에게 자랑해야겠다고 마음먹었지. 내가 찍은 사진을 보여 주면서 말이야."

전하린의 낯빛이 어두워졌다.

"그런데 겨우 한 시간 뒤였어. 한 시간 뒤에 우리 운명이 그렇게 바뀔 거라는 걸 그 누구도 상상할 수 없었어. 아빠는 외계 수장한테 죽임을 당했어. 선물로 내민 바로 그 청동 칼로!"

전하린의 눈에 눈물이 고였다. 눈가에 그렁그렁 차오른 눈물이 볼을 타고 흘러내렸다.

"난 그들 앞에서 우리 아빠를 살려 내라고 소리쳤어. 아빠가 죽는 모습을 보니까 눈에 보이는 게 없었지. 근데 그놈이 내 얼굴을 찢어 놨어. 이렇게 입에서 귀까지 단숨에 죽 찢었어. 죽을 만큼 아팠어. 정말로 난 그 자리에서 기절하고 말았어."

시오는 그 어떤 말도 하지 않았다. 전하린의 눈빛은 또다시 불안하게 흔들리고 있었다.

"그 어떤 아픔도 생살이 잘려 나가는 아픔보다 더 큰 게 없어. 하지만 그건 잠깐이야. 아니, 며칠은 욱신거리며 아팠지. 하지만 이 가슴에 남아 있는 아픔은 얼굴이 찢어져 나가는 아픔에 비하면 아무것도 아니야. 그 공포와 충격에서 난 영원히 벗어날 수 없었어!"

전하린이 몸을 부들부들 떨더니 핏발 선 눈으로 시오를 응시하며 외쳤다.

"외계인들은 모두 악마야!"

시오가 침착하게 대꾸했다.

"아니요, 외계인들이 모두 악마는 아닙니다."

전하린이 콧방귀를 뀌었다.

"내 말을 못 믿겠다는 거지? 알마라는 그 무용수 때문에?"

시오는 묵묵히 전하린의 눈을 응시했다. 전하린이 조롱하듯 물었다.

"아직도 클론을 누군가가 바꿔치기했다고 생각해?"

시오가 머뭇거리자 전하린이 눈빛을 번득이며 말했다.

"당신 추리는 틀렸어."

시오가 대꾸하려 하자, 전하린이 손짓으로 막으며 계속 이야기했다.

"알마는 정말로 클론을 죽였어. 하지만 그 가냘픈 여자

애가 건강한 클론 남자를 꽃병으로 내리쳐 죽일 수는 없어."

시오가 미간에 힘을 주며 물었다.

"무슨 뜻이죠?"

"나 역시 당신의 추측대로 진행하려고 했어. 건강한 클론이 알마의 목을 조여 알마를 기절하게 만들 생각이었지. 그 후, 파욜라 증후군으로 막 숨을 거둔 쌍둥이 클론으로 바꿔치기하려고 했어. 병들어 죽은 클론의 후두부를 내리치면, 누가 봐도 알마가 죽인 것처럼 위장할 수 있다고 생각했어. 하지만 내 계획대로 일이 벌어지지 않았어. 아울러 당신의 추리도 틀렸어. 왜냐하면 알마는 정말로 건강한 클론을 죽였기 때문이야. 예상하지 못한 상황이었지만 나로서는 나쁠 게 없었어. 아니, 오히려 간단명료해졌다고 할까."

전하린은 입가에 비열한 웃음을 띠며 말을 이었다.

"클론이 죽은 건 후두부 타박상이 아니었어. 클론은 후두부 타박상이 있기 전에 이미 죽었으니까. 한순간 맥없이 폭 꼬꾸라지는 걸 클론의 몸에 부착한 카메라로 지켜봤어. 근데 말이야…… 더 이해할 수 없는 일이 발생했어. 어째서 죽은 클론의 사인이 파욜라 증후군인지 도무지 알 수가 없었어. 죽은 남자는 분명히 건강한 클론이었으니까. 상상도 못 한 기묘한 일이 벌어진 거지. 초능력을 쓰지 않고는 절대 일어날 수 없는 일이었어. 알마한테는 초능력이 있어!"

시오는 불안하게 흔들리는 전하린의 눈을 뚫어지게 보았다. 눈앞에 있는 여자는 정신이 온전하지 못했다. 외계이주민센터장실 책장 서랍 안에서 약병이 나왔고, 그 약물은 다중인격장애와 더불어 각종 정신증 치료제로 밝혀졌다. 전하린은 감금된 중에도 외계인에 대한 증오심을 떨쳐 버리지 못했다. 그 증오로 인한 정신착란이었으니 당연한 결과였다.

시오는 전하린의 말에 대해 아무런 언급도 하지 않았다. 감금실을 나가려다 말고 궁금한 게 있어 물었다.

"왜 알마한테 살인죄를 뒤집어쓰게 했습니까? 그렇게 미웠다면 차라리 몰래 없애 버리는 편이 더 빠르지 않았습니까?"

전하린이 말했다.

"아니, 그렇지 않아. 그건 너무 번잡하고 시간이 많이 걸리는 방법이야. 외계인을 지구에서 모조리 추방시키는 가장 좋은 방법은 그들의 평판을 추락시키는 거야. 외계인들이 범죄를 저지른다는 명목으로 지구 곳곳에서 시위대들이 들고 일어섰잖아? 이런 분위기에서 살인을 저지른 외계인을 등장시키면 어떨 것 같아? 외계인 추방운동 본부에서 더 크게 들고 일어서지 않겠어? 그게 내가 알마에게 살인 혐의를 덮어씌우려는 이유였어. 계획대로 착착 진행되고 있었어. 그런데 내 계획이 틀어지고 말았어. 알마와 무용수들을 내 손으로 모조리 죽이기라도 했다면, 켜켜이 쌓여 있던 분노가 좀 풀어졌을지도 몰라. 벼랑 끝으로 내몰린 내 심정을 당신은 죽어도 이해하지 못할 거야. 하지만 그것마저도 틀어져 버렸어. 모두 당신 때문에!"

시오가 씁쓸한 눈빛을 하며 전하린의 이름을 불렀다.

"전하린 씨."

전하린은 여전히 눈빛을 불안하게 움직이며 시오를 바라보았다. 시오가 굳은 얼굴로 말했다.

"당신은 틀렸습니다. 이번 사건을 공개하면, 외계인 추방운동본부에도 비난이 쏟아질 겁니다. 알마와 외계인에 대한 오해가 풀릴 것이고 평판도 좋아질 겁니다. 저는, 그렇게 믿고 있습니다."

그러고 나서 시오는 눈에 힘을 주며 말했다.

"당신의 불행으로 지구에 정착한 수많은 외계인들을 악인으로 만들면 안 됩니다. 그들도 우리와 똑같이 생각하고 느끼고 말하는 지적생명체들이에요. 물론 다 그런

알마, 너의 별은

건 아니겠지만, 내가 알고 있는 많은 외계인들은 착하고 성실한 사람들이었어요. 함부로 사람을 위협하지도, 죽이려 들지도 않았습니다. 또한 근거 없는 말로 사람을 모함에 빠뜨리지도 않았어요. 그건 모두 당신과 같은 지구인들이 외계인들한테 저지른 짓이에요. 당신은 복수심에 불타 이성을 잃었어요. 수십 년 전 당신을 불행하게 만든 발크란 행성인들과 다를 게 하나 없는 짓을 저질렀어요."

전하린은 시오를 향해 불덩어리 같은 눈빛을 쏟아 냈다. 시오를 집어삼킬 듯이 쏘아보며 소리 질렀다.

"거짓말이야!"

"아니요, 진실입니다. 또 하나! 경찰관이었던 제 아버지도 외계인들과 관련된 사건으로 돌아가셨습니다. 하지만 저는 당신처럼 외계인들에 대한 복수심에 불타 이성을 잃지는 않았습니다."

전하린이 멍한 눈으로 시오를 바라보았다. 시오는 초점을 잃은 전하린의 눈을 여전히 응시하며 이어 말했다.

"그리고 방금 전 제 말은 모두 전하린 씨 당신의 입에서 나온 소리입니다. 저는 당신이 그렇게 말하는 걸 매체에서 본 적이 있습니다. 물론 저의 말은 진심입니다만."

전하린이 양손으로 귀를 틀어막으며 비명을 질렀다. 시오는 발악하는 전하린을 뒤로한 채 감금실을 나왔다.

인적이 없는 복도가 고요했다. 점퍼를 집어 들고 외계인 범죄관리국 사무실을 나왔다. 밖으로 나오자 밤공기가 차갑게 느껴졌다. 비로소 알마의 공연이 떠올랐다. 아르파라 무용수들의 공연이 이제 일주일 남았다. 내일은 알마를 보러 가야겠다고 생각했다. 알마는 난민 외계인들이 모여 사는 B-12구역 컨테이너에서 지낸다고 들었다.

알마, 너의 별은

23

시오는 리허설을 보기 위해 서둘러 예술극장으로 차를 몰았다. 아무래도 내일 알마의 공연을 보러 갈 수가 없을 것 같았다. 며칠 전에 일어난 H타워 화재 사건이 방화로 드러나면서 몹시 바빠진 탓이었다. 방화범이 외계인으로 밝혀졌으나 시오는 몇 가지 정황 때문에 그 사실에 의혹을 품었다. 이번에도 음모 가담자들의 집요한 모함으로 보였고, 시오는 또다시 복잡한 사건에 뛰어들어야 할 터였다. 이런 말을 콜로 전하기 미안해서 시오는 바쁜 와중에 차를 몰고 알마를 보러 가는 길이었다.

예술극장 로비에 서서 시오는 알마에게 콜 신호를 보냈다. 조금 뒤 알마와 함께 윤설과 윤설의 엄마가 로비로 걸어 나왔다.

"안녕하세요."

시오가 윤설 엄마에게 고개 숙여 인사를 건넸다. 윤설의 엄마는 시오를 보고 환하게 미소 지었다. 그러나 윤설은 시오와 눈이 마주치자 인사를 하는 둥 마는 둥 하더니 그대로 침울한 낯빛을 했다. 전하린 체포 건 때문에 마음을 크게 다친 것이다. 그토록 존경하던 인물이 미치광이 외계인 증오자였으니 당연한 일이었다. 시오가 윤설 곁으로 다가가 툭 던지듯 말을 걸었다.

"뭐냐 넌? 얼굴이 왜 그렇게 어두워?"

시오의 물음에도 윤설은 입을 비죽일 뿐 대꾸하지 않았다.

"옛말에 사필귀정이라는 말이 있어. 모든 일은 반드시 정의로 돌아온다, 그 말씀이야."

윤설이 톡 쏘아붙였다.

"누가 뭐래?"

시오가 빙긋 웃었다. 퉁명스럽게나마 대꾸하는 윤설을 보니 원래 모습으로 돌아온 듯해서 마음이 놓였다.

윤설의 엄마가 윤설의 등을 떠밀다시피 하며 자리를 벗어났다. 시오는 그들 모녀의 뒷모습에 길게 눈을 두었다. 이번 사건을 해결하는 데 그 누구보다 애를 쓴 두 사

알마, 너의 별은

람이었다. 지구에 저런 사람들이 많으면 얼마나 좋을까…… 그런 생각을 하며 옆에 서 있는 알마에게 눈을 돌렸다. 알마는 고목처럼 깡말라 있었다. 그러나 맑은 얼굴에서 그 아이만의 특별한 빛이 흘러나왔다. 그 모습을 살피며 시오는 마음을 놓았다. 내일 공연 준비가 완벽하게 돼 있다는 뜻이었다. 조금 뒤 시오는 자신이 처한 상황에 대해 천천히 이야기했다. 알마는 서운함이 깃든 얼굴을 애서 감추며 말했다.

"아쉽긴 하지만 어쩔 수 없네. 괜찮아……. 난 정말 괜찮아."

시오가 난처한 얼굴로 거듭 미안하다는 말을 꺼냈다. 그토록 고된 연습과 역경 끝에 치르게 될 공연을 보지 못하게 돼서 시오도 무척 안타까웠다.

"어서 외계인 범죄관리국으로 돌아가. 넌 나보다 훨씬 더 훌륭한 일을 하는 사람이잖아."

알마가 시오의 손을 잡아끌며 출입구 쪽으로 걸어갔다. 시오는 그제야 굳은 얼굴을 펴며 알마가 이끄는 대로 걸어갔다.

두 아이가 출입구 밖으로 나왔다. 저녁 공기가 몹시 싸늘했다. 시오는 문득 눈이 내리면 참 좋을 것 같다는 생각을 했다. 아직 알마와 함께 첫눈을 맞이해 본 적이 없어서였다. 알마의 행성에는 눈이 내리지 않는다고 했다. 아르 파라는 사계절이 늘 따듯하다고. 그런데도 알마는 눈을 좋아했다. 너무나 낯선 풍경이었으나 눈 내리는 모습이 신비롭고 아름답다고 말했다.

"주차장까지 바래다줄게."

알마가 시오의 손을 잡으며 속삭였다. 알마의 손은 부드럽고 따듯했다.

건물 출입구를 벗어나 횡단보도를 건너려는 참이었다. 갑자기 오토바이 한 대가 두 사람을 향해 빠르게 달려왔다. 오토바이 운전자는 검은색 마스크를 쓰고 있었다. 그렇다고 해도 앞에 사람이 서 있다는 걸 모를 리가 없었다. 예술극장 건물에서 쏟아지는 조명등 빛이 대낮과도 같이 주위를 환하게 비추고 있기 때문이었다. 오토바이는 금세라도 두 사람을 칠 것처럼 달려들었다.

어어! 시오가 알마의 어깨를 한 팔로 감싸 안으며 몸을 피하려고 할 때였다. 알마는 우뚝 멈춰 서서 보랏빛 눈동자를 빛내며 오토바이 운전자를 뚫어지게 보았다. 그 순간이었다. 은빛 물결 같은 투명 막이 두 아이와 오토바이 사이에 둘러쳐졌다. 마치 허공에서 별빛이 주룩 흘러내리는 것 같았다. 시오는 눈을 비비며 잡힐 듯 말 듯 둘러쳐진 은빛 물결을 바라보았다. 처음엔 안개가 낀 줄 알

알마, 너의 별은

았다. 조금 뒤에는 말로만 듣던 신기루를 보는 것 같았다. 그러나 그건 틀림없이 얇고 투명한 막이었다. 그 사실을 알지 못하는 오토바이 운전자는 여전히 거친 속도로 은빛 물결 막을 향해 돌진했다. 투명 막에 오토바이 앞바퀴가 닿는 순간이었다. 오토바이가 허공으로 높게 튀어 오르더니 그대로 튕겨 나갔다. 순식간에 일어난 일이었다. 시오는 알마를 보다가 오토바이와 함께 땅바닥에 꼬꾸라진 운전자를 살폈다. 오토바이 운전자는 마스크가 벗겨진 채였다. 몹시 고통스러운 얼굴을 한 채 신음 소리를 냈다. 시오는 미간에 주름을 만들며 남자의 얼굴을 뚫어지게 살펴보았다. 틀림없이 아는 얼굴이었다. 남자는 지난번 기계 손 영감의 컨테이너에서 마주쳤던 세 쌍둥이 클론 중 한 명이었다.

시오는 머릿속이 하얘지는 기분이 들었다. 동시에 번개와도 같은 생각의 조각들이 날을 세우며 일어섰다.

"기계 손 영감이야!"

말하고 나서 시오는 어금니를 질끈 깨물었다. 재빨리 남자 곁으로 달려갔다. 눈앞에서 봐도 역시 기계 손 영감 컨테이너에서 마주쳤던 클론이 맞았다. 시오는 고통으로 일그러진 클론의 양손에 수갑을 채웠다. 그러고 나서 외계인 범죄관리국에 콜을 보냈다.

"시오, 무슨 일이야? 왜 이 사람한테 수갑을 채워?"

알마의 다급한 물음에 시오가 짧게 대답했다.

"박영모가 날 해치우려고 사주한 사람이야."

시오는 머릿속에서 자신의 생각을 정리했다. 전하린은 심문 중에도 여유 있게 거짓말을 했다. 기계 손 영감을 만나러 가는 길에 우연히 박영모의 부하를 만나 클론을 사주했다고. 그러나 그녀의 말은 진실이 아니었다. 박영모는 기계 손 영감으로 위장한 채 경찰의 눈을 속이며 아무렇지 않게 클론들을 악용했다. 등잔 밑이 어둡다는 옛말을 떠올리자, 시오는 허탈한 기분마저 들었다.

몇 분 지나지 않아 경찰 드론이 예술극장 주차장에 내려앉았다. 경찰관들이 클론을 드론 안으로 밀어 넣었다. 조금 지나자 시오에게 콜 신호가 왔다. 사복 경찰들이 지금 막 P-14구역에 도착했다는 소식이었다. 박영모는 지금도 기계 손을 한 노인으로 위장하고 있을까……. 시오는 고개를 저으며 헛웃음을 지었다.

조금 뒤였다. 어쩐 일인지 시오는 찜찜한 기분이 들었다. 천천히 고개를 돌려 알마를 보았다. 알마는 추워 몸을 잔뜩 웅크리고 있었다. 시오는 알마를 보며 고개를 갸웃했다. 전력 질주하던 오토바이가 자신들을 치려는 순간 허공으로 튕겨 나갔다. 그 와중에도 시오는 오토바이 운

알마, 너의 별은

전자와 자신들 사이에 둘러쳐진 물결 같은 막을 봤다. 안개인 듯 신기루인 듯 의아한 얼굴을 한 채. 그러나 이제 그 투명 막이 무엇인지 짐작되었다. 그건 알마가 끄집어낸 초능력이었다. 지구인들이 그토록 의혹을 품었던 그들만의 능력. 시오는 너무나 혼란스러웠다. 눈앞에서 초능력을 쓰는 외계인의 모습을 한 번도 본 적이 없기 때문이었다. 더구나 그 외계인은 알마였다.

시오는 알마에게 다가가 그 아이의 눈을 똑바로 보며 물었다. 알마의 보랏빛 눈동자가 불안하게 흔들렸다.

"알마, 방금 전 도대체 무슨 일이 벌어진 거니?"

알마가 고개를 숙이며 작은 목소리로 말했다.

"그건……."

알마는 말하려다 말고 입을 꾹 다물었다. 시오는 듣지 않고도 알 수 있었다. 전하린의 말을 믿지 않았으나, 알마에게는 초능력이 있었다. 그 사실이 세상에 드러난다면, 알마는 또다시 몹시 곤혹스러운 상황에 빠지게 될 것이다. 그때는 자신도 어떻게 해야 할지 난감하기 짝이 없었다. 조금 뒤 무거운 얼굴로 말했다.

"아니…… 다음에 들어야겠다. 난 이만 가 볼게. 내일 공연 못 봐서 정말 아쉽다."

시오는 그렇게밖에는 달리 할 말이 없었다. 알마가 천

천히 고개를 끄덕였다. 할 말이 있었으나 꺼낼 수가 없었
다. 너를 구하기 위해서라고 말해야 하는데, 목이 메어 목
소리가 나오지 않았다. 충격에 빠진 시오의 얼굴을 바라
보는 일은 너무나 곤혹스러웠다. 알마는 무겁게 가라앉
은 시오의 얼굴을 바라보며 깊은 상념에 빠져들었다.

*

공연 연습을 마치고 스튜디오로 돌아가는 길이었다.
현관문을 열고 안으로 들어가자 커다란 그림자가 턱 버
티고 서 있었다. 낯선 남자였다. 어두웠지만 남자의 실루
엣이 눈에 들어왔다. 키가 크고 몸집이 단단한 남자가 알
마를 위협했다. 알마는 살고 싶은 생각이 간절했다. 지구
라는 이 낯선 곳에 온 이유는 춤을 추며 살기 위해서였다.
그러니 이유도 모른 채 어이없이 죽고 싶지 않았다.

붉게 달아오른 얼굴로 바로 앞에 서 있는 남자를 보았
다. 보랏빛 눈동자에 힘을 주며 남자를 뚫어지게 쏘아보
았다. 남자와 알마 사이에 얇고 투명한 막이 둘러쳐졌다.
어둠 속에서도 물결처럼 움직이는 은빛 막이 두드러졌다.

"가까이 다가오지 마!"

알마가 외치며 경고했다. 그러나 남자는 투명 막 가까
이 다가와 손을 뻗었다. 조금 뒤 남자가 심장을 움켜잡으

며 비틀거렸다. 이윽고 남자는 비명 한 번 지르지 못한 채 거실 바닥에 쓰러지고 말았다.

알마는 집에서 나와 곧장 소미르에게 달려갔다. 맞은편 스튜디오에 사는 소미르에게 악몽과도 같은 일을 벌벌 떨며 이야기했다. 소미르는 질린 얼굴을 했으나 단단히 말했다.

"알마, 너한테 초능력이 있다는 사실을 절대 들켜선 안 돼! 그래, 저 꽃병으로 하자. 저 남자가 널 위협해서 꽃병으로 내리친 거야. 누가 봐도 정당방위라고!"

알마는 너무 떨려서 이를 딱딱 부딪치는 소리를 냈다. 이대로는 한 발짝도 걸을 수 없을 것 같았다. 그러나 자신이 초능력으로 사람을 죽였다는 사실이 드러난다면, 이보다 더 큰 시련이 닥칠지도 모를 일이었다. 알마뿐만 아니라 지구에 정착한 모든 외계인들을 위협하는 사건이기 때문이었다. 거구의 남자는 조금의 움직임도 없이 쓰러져 있었다. 알마는 소미르가 내미는 꽃병을 받아 들었다. 눈을 질끈 감고 단단한 도자기 꽃병으로 남자의 후두부를 내리쳤다. 소미르가 재촉했다.

"알마, 한 번 더 내리쳐야 돼. 한 번으론 죽지 않아."

알마가 벌벌 떨며 말했다.

"싫어! 무서워!"

소미르는 알마가 쥐고 있는 꽃병을 빼앗아 들고 남자의 후두부를 내리쳤다. 질끈 감은 그녀의 눈에서 눈물이 줄줄 흘러내렸다.

소미르의 냉정한 판단은 설득력이 있었다. 그날 밤, 알마는 자수했고 곧 체포됐다. 경찰은 시신 옆에 꽃병이 있었고, 꽃병에 알마의 지문이 수없이 찍혀 있었다고 발표했다. 침입자가 클론이라는 소식을 들었을 때, 알마는 누군가의 음모라고 생각했다. 그러나 그 사람이 누구인지 전혀 짐작할 수가 없었다.

아르파라인들은 모두 초능력을 지니고 태어난다. 순하고 따듯한 품성을 지닌 그들에게 초능력은 위험에서 자신을 보호하기 위한 신의 선물이었다. 다행히 성장하면서 알마에게는 초능력을 사용해야 하는 순간들이 없었다. 두 달 전, 스튜디오로 쳐들어온 남자가 알마를 위협하기 전까지는 그랬다.

알마는 주차장으로 걸어가는 시오의 뒷모습에 길게 눈을 두었다. 축 내려앉은 시오의 어깨를 바라보는데 가슴이 너무 아팠다. 어쩌면 저 아이와 이별해야 할지도 모른다는 생각이 들었다. 그러자 조금 전보다 더 미어지듯 가슴이 아파 왔다. 알마는 터지려는 울음을 가까스로 참아냈다. 울음이 터지면 정말이지 걷잡을 수 없을 것 같아서였다.

'강해져야 해!'

알마는 언제나처럼 마음을 다잡았다. 내일은 공연이 있는 날이었다. 그토록 갈망하던 아르파라인 첫 단독 무대였다.

24

조명등 아래서 알마가 춤을 췄다. 공연장 가득히 하프 연주가 흘렀다. 잔잔한 음악에 맞춰 알마는 천천히 몸을 움직였다. 몸을 움직일 때마다 기다란 머리카락이 수초처럼 상반신을 감싸며 출렁거렸다.

이윽고 음악 소리가 장중해지면서 여덟 명의 무용수들이 무대로 뛰어나왔다. 무대 중앙 홀로그램에 폭포수가 쏟아져 내렸다. 세찬 물살의 흐름처럼 무용수들의 몸놀림에 긴박감이 흘렀다. 무용수들은 재빠른 동작으로 얼마 동안이나 무대를 크게 회전했다.

다시 음악이 잔잔해졌다. 알마가 허공으로 폴짝폴짝 뛰어올랐다. 하얀 옷소매가 물속을 헤엄치는 물고기의

알마, 너의 별은

지느러미처럼 부드럽게 너울거렸다. 공중에서 세 바퀴를 회전하고 나서 착지한 뒤 알마는 객석을 내다보았다. 객석은 반도 차지 않았다. 춤추는 알마의 머릿속에서 복잡한 감정들이 스치고 지나갔다. 마침내 무대에 섰다는 가슴 벅참과 긴장 동시에 기대에 미치지 못한 관객 수에 몸이 움츠러들었다.

곧이어 홀로그램에 은빛 모래 언덕이 드러났다. 아르파라 행성 사막의 모습이었다. 아홉 명의 무용수들이 모래 언덕 사이를 가뿐하게 날아오를 때였다. 누군가가 조심스럽게 공연장 출입문을 열고 안으로 들어왔다. 두리번거리며 객석을 찾는 사람의 모습이 알마의 눈에 들어왔다. 시오였다. 공연을 볼 수 없을 거라고 말했던 시오가 공연장 안으로 들어왔다. 알마는 눈을 크게 떴다. 움츠러들었던 가슴을 활짝 펴고 무대에 더욱 집중했다.

장이 바뀌면서 홀로그램에 울창한 숲이 드러났다. 어릴 적 알마가 나뭇가지 위에서 날고 뛰며 놀았던 바로 그 샤양나무 숲이었다. 작고 도톰한 나뭇잎들이 색색의 형광빛을 내며 반짝거렸다.

시오는 허리를 곧추세우고 앉아 무대를 지켜보았다. 무대는 안개 자욱한 숲으로 변해 있었다. 흰색 점프슈트를 입은 무용수들 둘레로 맹수로 분한 세 명의 무용수들이 어슬렁거렸다. 맹수로 분한 무용수들은 몸에 착 달라 붙는 검은색 복장을 했다. 깊은 숲속 어딘가에 숨어 있다 사람들을 단숨에 집어삼키려는 걸까. 찢어질 듯 날카로운 음악이 공연장 안을 가득 메웠다. 크게 울부짖는 몸짓을 하던 맹수가 무용수에게 검은 손을 내뻗는 순간이었다. 맹수와 무용수들 사이에 은빛 물결 막이 둘러쳐졌다.

그 순간이었다. 시오는 눈앞이 아연해졌다. 무대를 보고 있는 눈동자가 크게 벌어졌다. 은빛 별이 주룩 흘러내리듯 투명한 그 막은 초능력의 발현을 의미했다. 아르파라인들이 태생적으로 지니고 있는 바로 그 초능력. 맹수들은 은빛 물결 막 때문에 좀처럼 무용수들 가까이 다가갈 수가 없었다. 어쩔 수 없다는 듯 맹수로 분한 무용수들은 무대 뒤로 물러났다. 은빛 물결 막이 서서히 사라지고 있었다. 허공에서 별처럼 빛을 내던 막이 모두 사라질 무렵, 시오는 가슴 시리도록 절실한 사실을 깨달았다. 알마가 초능력으로 만들어 낸 그 투명 막은 생명의 막이었다. 알마의 초능력은 타인을 해치려는 게 아니었다. 죽을힘을 다해 생명을 지키려는 타고난 능력이었다.

'어제 그 자리에 알마가 없었다면 난 어떻게 됐을까?'

시오는 생각만 해도 끔찍했다. 알마는 꾹꾹 눌러 두었던 자신의 능력을 토하듯 끄집어내 자신을 구했다.

알마, 너의 별은

숲속 정경이 사라지면서 홀로그램 하얀 화면에 알마의 그림자가 비쳤다. 다시 알마의 독무가 시작됐다. 알마는 객석을 내다보았다. 시오의 모습에 눈을 두고 나서 허공으로 높게 뛰어올랐다. 처음으로 객석에서 탄성이 터져 나왔다. 알마는 단단한 날개를 지닌 새처럼 또다시 힘차게 도약했다. 놀랍도록 높은 도약에 객석이 술렁거리기 시작했다. 허공에서 몸을 놀리는 알마는 중력이 낮은 어느 별에서 춤추는 무용수 같았다.

여덟 명의 무용수들이 무대 위로 뛰어나와 알마를 둘러쌌다. 무용수들은 알마를 공중으로 들어 올리고 여러 차례 회전을 시도했다. 알마는 공중에 들려진 채 다시 한 번 뛰어올랐다. 심연의 물고기처럼 얼마 동안이나 허공을 헤엄쳐 다녔다. 허리를 뒤로 꺾은 채 느리게 회전하는 알마의 얼굴이 환희로 붉게 물들었다.

시오는 그 찬란한 모습에 문득 눈시울이 붉어졌다. 무대에 오르기까지 외계인 알마가 치렀던 고통스러운 경험들이 머릿속을 스치고 지나갔다. 시오의 볼을 타고 눈물이 흘러내렸다. 알마는 인간의 한계를 뛰어넘는 동작들을 선보이며 사람들에게 감동을 안겨 줬다. 도대체 얼마나 연습을 한 걸까. 알마는 정말로 지독한 아이였다.

이제 관객들은 무대에 완전히 압도되었다. 그 모습이

야말로 지구에 정착한 알마가 간절히 바라던 장면이었
다. 알마는 춤으로 지구인들에게 한 발짝 다가가길 원했
다. 그들과 공존하며 살 수 있다는 걸 몸으로 보여 주고
싶었다. 아름다운 것에 매료되는 눈과 귀와 가슴이 있다
면, 전 우주를 통틀어 가능한 일이라고 믿었다.

알마가 가볍게 바닥에 내려서는 순간이었다. 객석에
앉아 있던 사람들이 일어나 환호하며 박수를 쳤다. 알마
는 가슴을 꽉 채우는 기쁨으로 크게 전율했다. 춤을 추지
않았다면 결코 누려 보지 못할 황홀한 감정이었다.

저 멀리 떨어진 곳에 서 있는 시오의 모습이 보였다. 시
오도 일어나 무용수들을 향해 진심 어린 찬사와 미소를
보냈다.

커튼콜이 이어지고 있었다. 객석을 헤치며 시오가 무
대를 향해 걸어갔다. 무대 가까이 다가서서 시오는 알마
에게 미소를 보냈다. 이루 말할 수 없이 따듯하고 아름다
운 미소였다. 알마는 가슴이 부풀어 오르도록 크게 숨을
내쉬었다. 공연장이 터져 나갈 듯한 갈채 속에서도 한 가
지 생각에 몰두했다. 시오가 다치지 않아 다행이었다. 시
오를 구할 수 있어 정말 다행이라는 생각뿐이었다.

커튼이 내려가고 무용수들이 무대 출입구 쪽으로 걸어
갔다. 알마는 그 어느 때보다 발걸음이 가벼웠다. 지구 중

알마, 너의 별은

력에 완전히 적응한 걸까. 그러자 앞으로 펼쳐질 삶에 대한 기대로 또다시 가슴이 벅차올랐다. 비로소 알마는 지구인들 곁에 한 발짝 다가설 수 있었다.

『알마, 너의 별은』 창작 노트

    유럽 어느 가정집에 머물던 우크라이나 전쟁 난민이 주인으로부터 '이제 그만 나가 달라'는 통보를 받았다는 기사를 읽었다. 솟구치는 에너지 비용을 감당할 수가 없기 때문이라고 했다. 하루아침에 살 곳을 잃은 난민의 마음이 내 가슴 깊이 스며들었다. 또한 집을 나가 달라고 정중히 말한 주민의 상황이 이해되면서 안타깝기 짝이 없었다.
    기사를 읽은 지 벌써 두 해가 지났다.
    SF 미스터리 소설에 웬 우크라이나 난민 이야기냐고 하겠지만 이 글의 시작은 그러했다. 이 참담한 상황을 소설로 써야 한다는 생각에 빠져들었다. 이 글을 쓸 무렵 나

는 여전히 SF소설에 빠져 있던 터라 이야기를 우주로 꽤
나 많이도 넓혔다. 그 캄캄하고 고요한 우주와 미지의 행
성을 맘껏 드나들면서 경이로움을 안겨 준 작품이기도
했다.

고백하자면, 나는 난민에 대해 잘 모른다. 내 도움이 필
요한 사람들이 곁에 있고, 길고양이 네 마리와 집고양이
한 마리를 거두고 있는 마당에 더 이상 누군가를 도울 여
력이 없어 애써 외면한 탓이었다.

그러나 세계 곳곳에서 전쟁이 일어나고 있다. 그러니
난민들은 점점 더 늘어날 것이다. 자료 조사를 하면서 전
세계로 퍼져 있는 난민들에 대한 인식이 매우 좋지 않다
는 사실을 실감했다. 심지어 합법적인 이주노동자들이나
다문화가정에 대한 인식도 몹시 좋지 않다.

이중으로 고통받고 있는 이들에 대한 인식을 어떻게
바꿔야 할까.

이런 주제 의식을 가지고 글을 쓰는 일은 쉽지 않았다.
내 의견에 반기를 들 사람들이 있을 거라는 생각에 주춤
거리기도 했다.

하지만 곧 책이 나올 이 시점에도 내 생각에는 변함이
없다. 우리에게도 상상도 할 수 없는 재난이 닥칠지도 모
르는 세상이다. 불과 얼마 전에 대통령이 계엄을 선포하

고 몇 시간 만에 해제한 일이 벌어지지 않았는가. 한순간 가족과 친구를 모두 잃고 살길이 막막해진 아찔한 상황에 직면할지도 모른다. 단지 전쟁 이야기가 아니다. 한 치 앞을 내다볼 수 없는 우리에게 어느 순간 감당하기 힘든 시련이 닥쳐올 수도 있다.

요즘 어린이들과 청소년들을 만나면서 나는 이런 말을 자주 한다. 자기 자신을 발전시키기 위해 힘껏 노력하라고. 여러분들은 훌륭한 인격을 갖춘 어른으로 성장할 수 있고, 부자가 된다면 되도록 인격이 훌륭한 거부가 되어 남을 도와주라고 말한다. 할리우드 배우 안젤리나 졸리에 대해 많은 이야기를 했던 것으로 기억한다. 제3세계 고아원 갓난아기들을 입양해 잘 키워 낸 여성이자, 소득의 3분의 1을 기부한다는 졸리 이야기가 어린 학생들의 가슴에 씨앗이 되어 멋진 나무로 자라길 바라서였다. 나는 정말로 그렇게 생각한다. 공부만 잘해서, 많이 가지고 있다고 해서 절대 행복할 수 없다. 행복은 선한 마음과 행동에서 나온다는 걸 어느 순간 번뜩 깨달았다. 나와 다른 사람들, 성실하게 살고 있으나 빈곤에 허덕이는 사람들에게 선행을 베푸는 사람들이 많은 세상이야말로 천국이라고 생각한다.

이 책을 읽을 청소년 독자들에게도 꼭 해 주고 싶은 이

알마, 너의 별은

야기이기도 하다.

어린이·청소년 글을 쓰는 일은 어렵다. 때로는 덜컥 겁이 나면서 어깨가 무겁다.

그렇지만 책을 내면서 작가로서 나는 한 가지 소망을 이루었다. 청소년들에게 추리를 접목한 SF소설을 읽히고 싶었는데, 책을 내게 돼서 무척 설렌다. 상상의 힘은 크다. 무언가를 이루어 낼 수 있는 힘의 근원이 많은 경우 상상력에서 비롯되는 걸 보았기 때문이다.

특별한서재의 사태희 대표님께 정말 감사드린다. 원고를 멋지게 다듬어 주신 정미리 편집자님과 출판사 여러분들께도 감사드린다. 소중한 내 글벗들, 정해왕 선생님, 김지은 평론가님, 박상준 SF평론가님, 내 가족들, 김정, 김현승, 언제나 감사드린다. 그리고 인생의 파고를 몇 번이고 뛰어넘게 될, 그렇지만 언제나 꿋꿋하게 살아 낼 독자 여러분들에게 사랑과 안부의 인사를 전한다.

하은경

알마, 너의 별은

ⓒ하은경, 2025

초판 1쇄 인쇄일 | 2025년 1월 10일
초판 1쇄 발행일 | 2025년 1월 27일

지은이 | 하은경
펴낸이 | 사태희
편   집 | 박선규 · 책임편집 | 정미리
디자인 | 김경미
마케팅 | 장민영
제   작 | 이승욱 이대성

펴낸곳 | (주)특별한서재
출판등록 | 제2018-000085호
주 소 | 08505 서울특별시 금천구 가산디지털2로 101 한라원앤원타워 B동 1503호
전 화 | 02-3273-7878
팩 스 | 0505-832-0042
e-mail | info@specialbooks.co.kr
ISBN | 979-11-6703-143-3 (43810)